ムーミン全集［新版］4

ムーミン谷の夏まつり

FARLIG MIDSOMMAR

トーベ・ヤンソン TOVE JANSSON

下村隆一＝訳

講談社

Farlig Midsommar

ムーミン谷の夏まつり

N.W.
N.O.
W.
Ö
S.W.
S.O.
S.
もみの木
小屋
ろうや
井戸《いど》
フィリフヨンカの家
小さなヘムルの家
草地
スナフキンの
キャンプ地
貸《か》しボート
浅《あさ》瀬《せ》に乗り
上げた劇《げき》場《じょう》
裁縫《さいほう》かごに
乗ったちびのミイ
ムーミントロール
たちがとまった
ナナカマドの木
こっそり
かくれていた
入り江《え》
KARTA
ÖVER
GRANVIKEN.
もみの木湾《きわん》の地図
Tove

ビビカに捧《ささ》ぐ

ムーミントロール

ムーミン家のひとりむすこ。
好奇心《こうきしん》が強く、
パパに似《に》て冒険好《ぼうけんず》き。

スノークのおじょうさん

ムーミントロールの
ガールフレンド。
前髪《まえがみ》を大切にしている。

ムーミンパパ

ムーミントロールのお父さん。
冒険好き。

ムーミンママ

ムーミントロールのお母さん。
世話好きで、やさしい。

スナフキン

ムーミントロールの友だち。
自由と孤独《こどく》を愛する旅人。

ミムラねえさん
ちびのミイのおねえさん。
しっかり者。

ちびのミイ
気が強くて、
いたずら好き。

ホムサとミーサ
まじめなホムサと、
悲観的《ひかんてき》なミーサ。
ムーミン一家とともに
劇場《げきじょう》で生活をすることになる。

エンマ
劇場に住みついていて、
芝居《しばい》のことばかり
考えている。

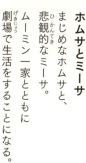

1章 木の皮の船と火を吹《ふ》く山と

ムーミンママは玄関《げんかん》の階段《かいだん》に腰《こし》かけて、お日さまの光をあびながら、小さな木の皮の船をこしらえていました。

（たしかガレアス船には、後ろに大きな帆《ほ》が二つあって、前のほうに小さな三角形の帆が、いくつかついているのよねぇ）

と、ムーミンママは考えました。

舵《かじ》を作るのはやっかいでしたが、貨物を入れる部屋のところは、とてもたのしくできました。ムーミンママは、木の皮ですごく小さなふたをこしらえておきました。それを貨物室にかぶせてみるときっちりはまって、うすくしたへりが甲板《かんぱん》にぴったりとくっつきました。

「これで、嵐《あらし》になってもだいじょうぶだわ」

ムーミンママは、うれしそうにほっと息をつきました。

ママのそばにミムラねえさんがしゃがみこんで、のぞいていました。ムーミンママが、色とりどりのガラス玉がついたまち針《ばり》で、ささえのロープをとめているようすを見ていたのです。マストのてっぺんには、赤くて細長い三角形の旗がつけられました。

「この船、だれにあげるの？」

ミムラねえさんが、そっとたずねました。

「ムーミントロールによ」

と答えて、ムーミンママは錨《いかり》をつけるロープによいものはないかと、裁縫《さいほう》かごの中を探《さが》しました。

「おさないでよ！」

ほんとに小さなさけび声が、裁縫かごの中から聞こえました。

「あらっ、またあなたの妹が、わたしの裁縫かごの中にいるわ。そのうちに、針でけがしちゃうわよ」

ムーミンママがいいました。

「ミイ！　出てきなさい、すぐに！」

ミムラねえさんはこわい声を出すと、毛糸の束の中から、妹をつまみ出そうとしました。

だけどちびのミイは、かごの奥《おく》へもぐりこむばかりで、毛糸の中へすっかりかくれてしまったのでした。

「こんなにも小さく生まれちゃって、ほんとにこまるわ」

ミムラねえさんはぶつぶついって、

「どこにいるのやら、わかったためしがないの。ねえ、あの子にも木の皮の船を、一つ作ってやってくれない？　そしたら水おけの中で乗り回しているでしょうから、あの子がどこにいるか、わかるようになると思うの」

とたのみました。

ムーミンママは声をあげて笑うと、ハンドバッグから木の皮を一つ取り出しました。

「ミイちゃんは、これに乗れるかしら？」

「だいじょうぶよ。でも木の皮で、ちっちゃい安全ベルトもこしらえてやってね」

ミムラねえさんがいったとき、裁縫《さいほう》かごの中からちびのミイがさけびました。

「毛糸の玉を、切っちゃってもいい？」

「いいですよ」

ムーミンママは答えながら、自分の作った船に目をやって、思案していたのです。

(なにか、つけわすれたものはないかしら？)

そうやって船を両手で持っているところへ、黒い大きなすすがいきなり落ちてきて、甲板《かんぱん》のまん中につきました。

「あら、まあ！」

ムーミンママは、すすを吹き飛《ふ と》ばしましたが、すぐにまた、すすの粉が飛んできて、ママの鼻につきました。そこら中に、いっぱいすすが飛んできます。

ムーミンママは立ち上がって、ため息をつきました。

「あの火を吹く山って、ほんとに腹《はら》が立つわ」

すると、ちびのミイが裁縫《さいほう》かごの中から顔を出して、

「火を吹く山だって？」

と、おもしろそうに聞きました。

「そうよ。この近くの山が、火を吹きはじめたの。すすも出すのよ。わたしが結婚《けっこん》してからはずっとおとなしくしてたのに、今になってねえ。洗濯《せんたく》ものを、すっかり外へ干《ほ》したとたん、また山がくしゃみをしだしたのよ。みんな、まっ黒になっちゃうわ……」

ムーミンママはこう説明しましたが、ちびのミイははしゃいで大声をあげました。

「みんな、燃《も》えちゃうのね！　どこのおうちも、お庭も、おもちゃも。それから、小さい弟や妹たちも、なにもかも、ぜんぶ燃えちゃうんだ！」

「ばかなことをいわないで」

ムーミンママは、やさしくいって、鼻の頭からすすをはらい落としました。

それから、ムーミントロールを探《さが》しに行ったのでした。


ムーミンパパがハンモックをかける木のすぐ右に、坂があります。その下には、大きなくぼみがあって、うっすらと茶色い水が、いっぱいたまっていました。ミムラねえさんがいつもいうところでは、この池のまん中は底なしの深さなのだそうです。たぶん、その通りなのでしょうよ。

池のまわりには、すべすべしてつやのある大きな葉っぱがしげっていて、トンボやミズスマシがその上で休んでいました。水面の下では、いろんな小さい虫たちが、ゆうゆうと動きまわっています。もっと下のほうには、カエルが目を金色に光らせていました。いちばん底のどろの中に住んでいる、カエルの親類みたいなおかしな生きものが、ちらりとすがたを見せることもありました。

ムーミントロールは、いつもの遊び場で寝《ね》ころんでいました（それとも、そういう場所の

一つ、といったほうがいいでしょうか）。黄緑色のコケの上にまるまり、しっぽを体の下へそっとさしこんで、横になっていたのです。
そして、眠《ねむ》たそうにブンブンいっているハチの羽音を聞きながら、水の中をしんけんにのぞいたり、おもしろがったりしては、こんなことを考えていました。
（あれは、ぼくのだぞ。きっと、ぼくにくれるんだ。ママはいつでも、夏の最初にこしらえた木の皮の船をいちばん好きな人にあげるんだもの。

ほかの人がかなしまないように、あとでそれはわからないようにしてしまうけどさ。

そうだ、あのミズスマシがもしも東へ行ったら、木の皮の船に積《つ》みこむ小さなボートはあきらめよう。もしも西へ行ったら、ボートはちゃんとついてるはず。きっと手でつかんだら、つぶれそうなくらい小さい手こぎボートだろうな）

ミズスマシは、ゆっくりと東のほうへすべっていってしまいました。ムーミントロールの目には、涙《なみだ》が浮《う》かびました。

そのとき、ガサガサ音がしたかと思うと、草むらから、ムーミンママの顔があらわれたのです。

「ほら、これをあげるわ」

ママは、あの木の皮の帆船《ほぶね》をそっと水に浮かべました。帆船は自分の影《かげ》の上にちゃんと浮かんで、まるでいつもそうしていたみたいに、ひとりで進みはじめました。

ムーミンママが小さな積み込みの手こぎボートをわすれてしまっていることに、ムーミントロールはすぐ気がついたのですが、自分の鼻をママの鼻にやさしくすりよせて、いいました。

「これ、ママが今まで作った中で、いちばんすてきだね」

って。

ママの鼻は、白いビロードで顔をなでられているような感じがするのです。

ふたりは、コケの上にならんですわり、帆船《ほぶね》が池を横切って、一枚《まい》の葉っぱのそばに到着《とうちゃく》するのを見ていました。

遠く家のほうから、ミムラねえさんが妹を大声で呼《よ》んでいるのが、聞こえます。

「ミイ！　ミイ！　こまったおちびさん！　ミイー‼　帰ってこないとあんたの髪《かみ》の毛《け》を引っぱるわよ！」

「ミイったら、またどこかへかくれてしまったんだね。ママ、おぼえてる？　あの子はママのハンドバッグの中に、かくれてたことがあったでしょ？」

ムーミントロールがいうと、ママはこっくりとうなずき、水面に鼻をつけて、中をのぞきこみながらいいました。

「あそこに、なにか光ってるものがあるわね」

「あれは、ママの金のうで輪《わ》だよ。それと、スノークのおじょうさんの足輪だね。いい思いつきじゃない？」

「とってもいいわ。これからアクセサリーは、うす茶色のわき水の中へ入れておきましょう。そうしたほうが、ずっときれいね」

このとき、ムーミンやしきの階段《かいだん》の上では、ミムラねえさんが声をからしてさけんでいました。ちびのミイは、数えきれないほどのかくれ場所のどこかに、にやにやしながら引っこんでいるのです。それは、ミムラねえさんも知っていました。

（ねえさんったら、あたいをはちみつでおびき出せばいいのに。そして、出てきてから、あたいをぶてばいいんだわ）

と、ちびのミイは思っていました。

「なあ、ミムラ。きみが、そう大声を出してちゃ、あの子はぜったいに出てこないよ」

ムーミンパパがロッキングチェアから声をかけると、ミムラねえさんはむずかしい顔をしていいました。

「これは、あたしの良心の問題なのよ。ママが、出ていくときにいったの。もう妹のことは、あんたにまかせますよ。あんたがしつけてやれなかったら、ほかにできる人なんていませんからね。ママでも、はじめからすぐにあきらめたくらいだもの、って」

「ほう、よくわかったよ。それで気がすむなら、せいぜいどなることとさ」

ムーミンパパはそういいながら、朝ごはんのテーブルにあったビスケットのかけらをつまむと、きょろきょろあたりを見回して、クリーム入れの中にひたしました。

ベランダのテーブルには、五人ぶんのお皿がならべてあって、あとひとりぶんはテーブルの下にありました。ミムラねえさんが、自分は下のほうが気楽でいい、といいはったからです。

ちびのミイのお皿は、もちろんとても小さくて、テーブルのまん中に置かれた花びんのかげにかくれています。

そこへムーミンママが、あわてたようすで庭の小道を走ってきました。

「ママ、あわてなくていいよ。われわれは、食べもの部屋でちょっとつまんだからね」

と、ムーミンパパがいいました。

ママは、はあはあと息を切らしてベランダへ上がり、立ち止まって朝ごはんのテーブルをながめました。テーブルクロスが、すっかりすすでよごれています。

「ああもう、なんて暑いんでしょ！　おまけに、すすだらけ。火を吹《ふ》く山には、ほんとに腹《はら》が立つわ」

「もうちょっと近くにあったら、本物の溶岩《ようがん》のペーパーウエイトくらいは、手に入れられるんだがなあ」

ムーミンパパは、さもざんねんそうにつぶやくのでした。

本当に、暑い日でした。

ムーミントロールは、池のそばに寝《ね》ころんだまま、空を見上げていました。空はまっ白で、まるで銀紙でできているようです。海辺では、海鳥たちがたがいに呼《よ》びかわしている声が聞こえました。

（かみなりが来るぞ）

ムーミントロールは、うとうとしながら思いました。そして、むっくりとコケの上に起き上がりました。空もようが変わるとか、夕暮《ゆうぐ》れになるとか、ふしぎな光が見えるとかすると、決まってそうなるのですが、このときもスナフキンに会いたくなってきたのです。

スナフキンは、ムーミントロールの親友でした。いうまでもありませんが、ムーミントロールはスノークのおじょうさんも大好きです。だけど、おじょうさんは女の子ですから、それとこれとがそっくり同じというわけにはいかないのです。

スナフキンは落ちついていて、なんでもよく知っています。けれども、自分の知識《ちしき》をひけらかすようなことはしません。スナフキンから旅の話を聞かせてもらえると、だれでも自分もひみつの同盟《どうめい》に入れてもらったような気がして、得意に思うのでした。

最初の雪がふると、ムーミントロールはほかのみんなといっしょに、いつも冬眠《とうみん》に入ります。ところが、スナフキンは南のほうへ出かけていって、春になるとまっさきにムーミン谷《だに》へもどってくるのです。

でも今年は、春になってもまだ、スナフキンが帰ってきていませんでした。

ムーミントロールは冬眠《とうみん》からさめるとすぐに、スナフキンの帰りを心待ちにしはじめました。――だれにもそんなことはいいませんでしたけれどね。

わたり鳥たちが、ムーミン谷の上を飛びさり、北の山々の雪も消えてしまうと、ムーミントロールはじりじりしてきました。スナフキンの帰りが、こんなにおそくなったことはなかったのです。

そのうちに夏になりました。スナフキンがテントを張《は》っていた川のわきの場所には、草がしげってきました。まるでだれも住んでいなかったみたいに、緑がこくなってしまいました。

ムーミントロールは、待ちつづけていました。でも、もうそれほど一生懸命《いっしょうけんめい》にではありません。スナフキンをとがめたくなるような気さえしていましたし、少し待ちくたびれてもいました。

いつだったか夕ごはんのときに、スノークのおじょうさんが、その話を持ちだしたことが

あります。

「今年は、スナフキンの帰りがおそいわね」

するとミムラねえさんもいいました。

「もう帰ってこないのかもしれないわね」

つづけて、ちびのミイもわめき立てました。

「きっと、モランに食べられちゃったんだ！　でなけりゃ、穴《あな》に落っこちて、ぺしゃんこになってるんだわ！」

するとムーミンママが、いそいでいいましたっけ。

「おだまり、おだまり！　スナフキンは、いつもじょうずに切りぬけるでしょ」

（だけどなあ、もしかしてもしかすると）

と、ムーミントロールは川にそってゆっくり歩きながら、考えました。

（モランみたいなのや、警官《けいかん》だって、たくさんいるし。深い谷底に、転げ落ちることもあるし、こごえ死ぬことも、空へ吹《ふ》き飛《と》ばされることも、海へ落ちることも、のどに骨《ほね》がつきささることも……、ほかにもいっぱいあるぞ。広い世の中って、おそろしいよ。顔見知りもいない、ひとりぼっち。みんななにを考え、なにをおそれているのかわからない。今、スナフキンはそんな中を歩いてるんだ。あの緑色の古ぼけたぼうしをかぶって。あそこには、スナフキンの手ごわいかたきの公園番がいる。おそろしい、おそろしい敵《てき》だぞ……)

ムーミントロールは橋のところで立ち止まり、しょんぼりした顔でじっと水の流れを見下ろしました。そのとき、肩《かた》にそっと手が置かれたのです。ムーミントロールは、びくっとしてふり返りました。

「ああ、きみだったのか」

「わたし、すごくたいくつなの」

スノークのおじょうさんは前髪《まえがみ》の下から訴《うった》えるように、ムーミントロールを見つめました。

スノークのおじょうさんは、輪にしたすみれの花を耳につけていました。午前中、ずっとつまらなくすごしたのです。

ムーミントロールはやさしく相手をしましたが、声はいくらかうわの空に響《ひび》きました。

「いっしょに遊ばない?」

と、スノークのおじょうさんがいいました。

「わたしがすごくきれいで、あなたがわたしをさらってしまうという遊びをしない？」

「ぼく、遊びたいのかどうか、自分でもよくわからないんだよ」

スノークのおじょうさんは、がっかりして耳をたらしました。ムーミントロールは、あわてて自分の鼻でおじょうさんの鼻をなでていいました。

「きみがすごくきれいだ、なんてことは、遊びにしなくていいんだよ。きみは今だって、ちゃんときれいなんだから。明日だったら、ぼく、たぶんきみをさらっちゃうよ」


六月の長い日もすぎていって、夕暮《ゆうぐ》れになりました。

でも、やっぱり暑いままでした。

かわいた、燃《も》えるような空気が、すすをいっぱいただよわせていました。そして、ムーミン一家のだれもが、元気なくだまりこくってふさいでいました。

すると、ムーミンママがいいことを思いついたのです。

「みんな、お庭で寝《ね》ることにしましょうよ」

こういってムーミンママは、あちこちの気持ちよさそうな場所に、めいめいの寝どこを用意しました。それから、だれもひとりぼっちのさびしい思いをしないようにと、どの寝どこのそばにも、小さいランプを置きました。

ムーミントロールとスノークのおじょうさんは、ジャスミンのしげみの下にまるまりました。でも、ふたりとも寝《ね》つけません。

いつもの夜とちがうのです。なにか、うす気味わるいほど静かでした。

「暑くてたまらないわね。わたし、寝返りばっかりうってるの。シーツは気持ちがわるいし、おまけにすぐにかなしいことを考えちゃうわ」

と、スノークのおじょうさんが、なげきました。

「ぼくも、まったく同じだよ」

ムーミントロールは起き上がって、庭を見わたしました。ほかのみんなは、眠《ねむ》っているようです。そばで、ランプの火が静かに燃《も》えていました。

とつぜん、ジャスミンのしげみが、はげしくゆれました。

「今の、見た?」

スノークのおじょうさんが聞くと、ムーミントロールは答えました。

「もう、静まったよ」

そのとたん、ランプが草の中にひっくり返りました。

花がぐんとゆれて、小さな割《わ》れ目《め》がゆっくりと地面に広がってきます。割れ目はどんど

んのびて、とうとう寝《ね》どこの下まで入ってきました。それから、そのはばが広がり、土や砂《すな》がなだれ落ちだしました。つづけてあっというまに、ムーミントロールの歯ブラシが、暗い割《わ》れ目《め》の中へまっすぐにすべり落ちてしまいました。

「下ろしたてだったのに！」

ムーミントロールはさけんで、

「ねえ、あそこにあるのが見える？」

と割れ目に鼻をくっつけて、のぞきこみました。

そのとき、軽い地響《じひび》きがして、地面がふさがってしまったのです。

「あれは、下ろしたてのだったのになあ。青い色でさ」

ムーミントロールは口をとがらせて、まだいっています。

「でも、しっぽをはさまれなくて、よかったわ！　もしはさまれてたら、一生ずっとここにすわってなきゃならないのよ！」

スノークのおじょうさんは、なぐさめました。

ムーミントロールは、すばやく立ち上がっていいました。

「おいでよ。ぼくたち、ベランダで寝《ね》よう」

家の前にはムーミンパパが立って、あたりのにおいをかいでいました。

庭は、不気味にざわめいています。鳥たちは夢《ゆめ》をやぶられて飛び立ち、小さな生きものが草の中をいそいで走っていきました。

ちびのミイが、階段《かいだん》のそばに咲《さ》いているひまわりの花の間から顔を出して、大はしゃぎでさけびました。

「さあ、いよいよ始まるわよ！」

ふいに、足元でにぶい地鳴りがしました。台所でおなべがいくつも、ガチャン、ドスンと落ちる音がします。

「もう、ごはんの時間？」

ムーミンママが寝ぼけまなこで大声をあげました。

「いったい、なにごとなの？」

「なんでもないよ、ママ。火を吹《ふ》く山が、あばれているだけさ」

ムーミンパパがいいました（でも、溶岩《ようがん》のペーパーウエイトのことしか考えていませんでしたけどね）。

今はミムラねえさんも起きて、みんなでベランダの手すりのわきに立って、ようすを見守っていました。

「その山って、どこにあるの？」

と、ムーミントロールがたずねました。

ムーミンパパが、返事をしました。

「小さな島にあるんだ。黒い小島で、そこじゃ草も生えないのさ」

「パパ、ちょっとだけ、ほんのちょっとだけだけど、危険《きけん》だと思わない？」

ムーミントロールは小さい声でそういって、パパの手の中へ自分の手をすべりこませたのでした。

「そう、ちょっと危険だね」

ムーミンパパは、やさしくいいました。

ムーミントロールは、満足してこっくりとうなずきました。

大きな音がしたのは、そのときです。

遠く海のほうから聞こえてきた音は、はじめはにぶいどよめきでしたが、しだいにはげしくうなり、とどろきだしました。

明るい夜空の下、なにやらとほうもなく大きなものが、森のてっぺんをこえて、もり上がるのが見えました。それは、どんどん大きくなるばかりで、はしのほうはシューシュー音を立てながら白く泡立っています。

「わたしたち、もう部屋の中へ入りましょうよ」

と、ムーミンママがいいました。

みんなのしっぽが、家の中へ入るか入らないかのうちに、洪水《こうずい》の大波がムーミン谷におしよせて、すべてのものをまっ暗闇《くらやみ》の中で、水びたしにしてしまいました。ムーミンやしきが、少しゆれました。でも、たおれはしませんでした。なにしろ、しっかりした家でしたからね。

そのうちに、家具がぷかぷかと部屋の中でただよいだしました。それで、みんなは二階へ上がって、嵐《あらし》のすぎさるのを待つことにしました。

「わたしの若《わか》いころにだって、こんな天気はなかったぞ」

ムーミンパパはおもしろがってこういうと、ろうそくに火をつけました。

その夜は、不安でたまりませんでした。壁《かべ》の外では、ガタガタ、バキッと音がします。そして、重い波が雨戸に、打ちよせました。

ムーミンママはロッキングチェアに腰《こし》かけたまま、ぼんやりと前後にゆすっています。

「この世のおわりなの？」

ちびのミイが声をはずませて、聞きました。

「そんなところよ。あたしたち、もうすぐ天国へ行くんだから、あんたも今のうちにいい子になるようにしてよ」

と、ミムラねえさんがいいました。

「天国だって？　あたいたち、天国へ行かなきゃならないの？　どうやったら、そこから出てこられる？」

なにか重いものが家にぶつかって、ろうそくの火が、ちかちかとゆれました。

「ママ」

と、ムーミントロールが、小声でささやきました。

「なあに？」

「ぼく、帆船《ほぶね》を池へわすれてきちゃった」

「きっと、明日もそのままありますよ」

こう、ムーミンママはいいましたが、とつぜん、いすをゆするのをやめて、大声をあげま

Tove

した。

「あら、大変！」

「どうしたの？」

スノークのおじょうさんが、びっくりして声をあげました。

「小さな手こぎボートよ。わたし、積《つ》みこみのボートをつけわすれたわ。なにか大切なものをわすれていたと、さっきから思ってたんだけど」

「もう、タイルストーブの調節器のところまで水が来たぞ！」

ムーミンパパが知らせました。

パパはひっきりなしに居間《いま》へ下りていって、水の深さをはかっていたのです。みんな階段《かいだん》のほうを見て、ぬれてはこまるもののことをあれこれと考えました。

「だれか、ハンモックを中へ入れたかい？」

だしぬけに、ムーミンパパが聞きましたが、ハンモックのことはだれも気にとめていませんでした。

「まあ、いいさ。あれは、いやな色だったからな」

そう、パパがいいました。

家のまわりにひたひたとよせる水の音は、眠気《ねむけ》をさそいました。それでみんなは、つぎつぎにゆかの上でまるまって、眠《ねむ》ってしまったのです。でもムーミンパパは、ろうそくを消すまえに、目ざまし時計を七時に合わせたのでした。

外がどうなったか、見たくてたまらなかったのですよ。

2章

朝ごはんを探《さが》しにもぐる

やっと、朝がもどってきました。

細い一本の光のすじが、明るくなってきた水平線の上を手さぐりするようにさまよったすえに、高くのぼりました。

おだやかに晴れわたっていましたが、海の波は猛烈《もうれつ》な勢《いきお》いで、あたらしい浜辺《はまべ》に打ちよせています。そこは昨日まで、海とつづいていなかった場所でした。

さわぎの元になった、あの火を吹《ふ》く山は、もうおとなしくなっていました。山はつかれきって、ため息をつき、ときどき空に向かって少し灰《はい》を吹き上げるだけです。

七時に、目ざまし時計が鳴りました。

ムーミン一家のみんなはすぐに目をさまして、外を見ようと、窓《まど》ぎわへかけつけました。ちびのミイは窓台の上へ乗せられました。転げ落ちないように、ミムラねえさんが服をつかんでいます。外のようすはすっかり変わっていました。

ジャスミンもライラックも、なくなっています。橋も川もきれいさっぱりありません。わずかにたきぎ小屋の屋根が、うずまく水の中から頭を出しているだけでした。人々がぶるぶるふるえながら、そこにしがみついていました。きっと、森の人たちなのでしょう。

どの木も、水の中からまっすぐにのびていました。ムーミン谷を取りまく山なみは、ばらばらに切りはなされ、いくつかの島が集まっているように見えました。

「わたしは、まえのほうが好きだわ」

ムーミンママはつぶやいて、変わりはてた光景の中からのぼってきたお日さまを、まぶしそうにながめました。まるで赤くてとても大きな、夏のおわりごろのお月さまのようです。

「それはそうと、朝のコーヒーがないよ」

と、ムーミンパパがいいました。

ムーミンママは、あのいまいましい水の中に沈《しず》んでいる居間《いま》の階段《かいだん》のほうへ、目をやりました。台所のことを考えていたのです。

（コンロのたなにのせたコーヒーの缶《かん》のふたは、きっちり閉《し》めておいたかしら）

そしてママは、ため息をつきました。

「ぼくがもぐっていって、コーヒーの缶を取ってこようか？」

ムーミントロールがこういったのは、ママと同じことを考えていたからでした。

「いい子ね。でもそんなに長く、息を止めてられないんじゃない？」

ムーミンママは、心配そうです。

ムーミンパパがふたりの顔を見て、こういいました。

「わたしは、よく思うんだがね。自分の家をゆかからだけじゃなく、たまには天井《てんじょう》からながめるべきじゃないかって」

「だったら……」

ムーミントロールが、うれしそうにいいました。

ムーミンパパはうなずいて自分の部屋へ行き、手回しのドリルとのこぎりを持ってきました。

パパが作業をしている間、みんなはそのまわりに集まって、おもしろそうに見守っていました。

たしかにムーミンパパも、わが家のゆかをのこぎりで切るのは、少しばかりこわかったのです。けれども同時に、深い満足もおぼえたのでした。

やがてムーミンママは、自分の台所を初めて上からながめることになりました。にぶく照らし出されている、うす緑色の水槽《すいそう》の中を、うっとりとのぞきこみました。コンロや片づけ台、ごみ入れが、水底《みずそこ》にぼんやりと見えます。でも一方、いすやテーブルはぜんぶ天井《てんじょう》の下にぷかぷか浮《う》いているのでした。

「まあ、おかしい！」

ムーミンママは笑いだしました。あんまりけらけら笑うので、ロッキングチェアにすわらねばならないくらいでした。こんなふうにして台所を見たら、すっかり気分がよくなったのです。

「ごみ入れを、からにしておいてよかったわ！　それに、たきぎを取ってくるのをわすれたのもね！」

ムーミンママは目にたまった涙《なみだ》をぬぐいながら、そういいました。

「ママ、ぼく、もぐってくるよ」

ムーミントロールがいいました。

「そんなこと、やめさせて！　ね、お願い」

スノークのおじょうさんが、心配そうにたのみましたが、ムーミンママはこう答えました。

「どうして？　だめよ。この子は今、スリルを感じているんだもの」

ムーミントロールは、しばらくじっと立って、呼吸《こきゅう》をととのえました。できるだけゆっくり、大きく息を吸《す》いこんで、それから台所の中へもぐっていきました。

ムーミントロールは食べもの部屋へ泳いでいって、ドアを開けました。中の水はミルクで白くなっていて、あちこちに少しずつ、こけももジャムもくっついていました。パンのかたまりがいくつか、ムーミントロールのそばをただよっていき、マカロニの群《む》れも、それにつづいて泳いでいきます。

ムーミントロールはバター入れを引ったくって、ついでにパンを一かたまりつかまえました。つぎには、コンロのたなのほうへまがって、ムーミンママのコーヒー缶《かん》をつかんだのでした。それから、天井《てんじょう》まで浮《う》き上《あ》がって、うんと息を吸いこみました。

「あらっ、見てちょうだい！　わたし、ちゃんとふたを閉《し》めてたわ！」

と、ムーミンママはうきうきしていいました。

「すてきなピクニックね。コーヒーポットとカップも取ってこられるかしら？」

こんなにスリルのある朝ごはんは、初めてでした。

Tove.

みんなが好きではなかったいすを一つえらびだし、それをたきぎにしてコーヒーをわかしました。おしいことに、お砂糖《さとう》はとけてしまっていましたが、かわりにムーミントロールがシロップを一びん見つけてきました。ムーミンパパはびんからじかにマーマレードを食べたし、ちびのミイはだれからも気づかれないうちに、ドリルでパンに穴《あな》を開けて、中へもぐりこんだのでした。

ときどきムーミントロールはもぐっていって、台所から、なにかいいものを取ってきました。そして、けむりだらけの部屋中に、水を飛びちらすのでした。

「今日は、お皿を洗《あら》わないわ！」

ムーミンママはうきうきしてつづけました。

「これからは、もうお皿洗いをすることなんてないかもしれないわね。それはそうと、居間《いま》の家具がだめになるまえに、みんなで運び上げられないかしら？」

外には、あたたかく日が照っていました。海の潮《しお》もおだやかになっていました。たきぎ小屋の屋根の上にいる人たちもだんだん元気を取りもどし、自然界の気まぐれに腹《はら》を立てはじめました。

「母さんの時代には、こんなことなんか一回も起こらなかったよ！」

はつかねずみのおかみさんが、はげしくしっぽをブラシでとかしながら、さけびました。

「こんなことが、ゆるされてなるものですか！　でも今じゃ、時代も変わったわね。若《わか》いものたちは好きかってなことをするし」

まじめくさった小さな生きものが一ぴき、一生懸命《いっしょうけんめい》にほかの連中に近づいていって、こういいました。

「ぼくは、こんな大きな洪水《こうずい》を起こしたのが若いものたちだとは思いません。この谷にこれほどの大波を起こすには、ぼくたちは小さすぎます。まちがいありません。バケツか水たまりか洗面器《せんめんき》の中に、波を起こすのがせいぜいです。でなければ、コップの中ぐらいですよ」

「あんた、あたしをからかうの？」

はつかねずみのおかみさんは、そういってまゆをつり上げました。

「いいえ、けっしてそんなことは」

と、まじめくさった小さな生きものは、つづけていいました。

「ぼくは、一晩中《ひとばんじゅう》、考えに考えたのです。風もないのに、どうしてこんな大波が起こるのか！　おもしろい問題でしょう。ぼくが思うに……」

「ちょいと。あんたはなんという名まえ？」

はつかねずみのおかみさんが、話のとちゅうで口をはさみました。

「ホムサです」

その小さな動物は、怒《おこ》りもせずに答えました。

「どうしてこういうことが起きたかわかりさえすれば、洪水《こうずい》になったことだって、きわめて当然だと思えるんじゃないでしょうか」

「当然ですって！」

小さくてまるまると太ったミーサが、わめきました。

「ホムサは、わかっちゃいないの！　なにもかもが、わたしにつらくあたるのよ、なにもかもが！　おとといは、わたしの長ぐつにだれかが大きな木の実を入れといて、わたしの足が大きいのを、笑いものにしたの。そして、昨日はヘムルのやつが、うちの窓《まど》ぎわを通りかかって、とってもあてつけがましい笑いかたをしていったわ。そして、今はこのありさまよ！」

小さなはい虫が、感心してたずねました。

「この大きな洪水《こうずい》は、みんなミーサを怒《おこ》らせるためだけ

に起きたの？」

「そんなこと、いったんじゃないわ」

と、ミーサは、涙《なみだ》で声をつまらせながらいいました。

「だれかが、わたしのことを考えて、わたしのためになにかしてくれたっていいでしょ？それなのに、この洪水ときたら！」

ホムサが、気づかうつもりでいいました。

「たぶんその木の実は、松の木から落ちてきたんじゃないですか？　松ぼっくりであれば、ですけど。そうでなければ、もみの木の実でしょうね。あなたの長ぐつは、もみの実がゆったり入るくらい大きいわけですか」

「わたしが大足だってことは、自分で知ってるわ」

ミーサは、にがにがしくつぶやきました。

「ぼくは、説明しただけですから」

「これは、気持ちの問題よ。説明できるようなものじゃないわ！」

「そうでしょうね」

ホムサは、しょげかえりました。

その間に、はつかねずみのおかみさんはしっぽの毛をととのえおわって、ムーミンやしきのほうへ気を取られていました。

おかみさんは、首をのばしていいました。

「あの人たち、家具を引っぱり上げてるわ。ソファーのカバーが、だめになってしまったらしいよ。朝ごはんを食べたんだわ！　ああ、自分のことしか考えない人が多いわねえ。スノークのおじょうさんは、髪《かみ》をとかしてるよ。あたしたちは、水びたしだっていうのに。あきれたたね。あの人たち、ソファーを屋根の上へ出して、かわかそうとしてるわ。あっ、旗まで上げてさ！　まったくお気楽なもんだよ」

ムーミンママが、バルコニーの手すりから乗り出して、

「おはよう！」

と、大声であいさつしました。

「おはようございます！」

ホムサは必死に、さけびました。

「ぼくたち、おじゃましてもかまいませんか？　まだ、早すぎます？　お昼からにしましょうか？」

「すぐ、いらっしゃいよ！　わたしは、朝のお客さんが好きなのよ」

と、ムーミンママがいいました。

しばらくすると、手ごろな大きさの木が、根っこを水面に出して流れてきました。待ちかまえていたホムサは、それをしっぽでつかまえて、たずねました。

「いっしょに、行きませんか?」

「いやだよ。あたしたちにゃ、用はないね、あんなやかましい家族なんか!」

と、はつかねずみのおかみさんが答えると、ミーサは口をとがらせました。

「わたしは、さそってくれないのよね」

そういうミーサの目の前で木が流れだし、ホムサが出発しました。とつぜんミーサは置きざりにされたという気持ちにかられ、やぶれかぶれにジャンプして、木の枝《えだ》にしがみついたのです。ホムサはなにもいわないで、ミーサを助けあげました。

ふたりは、ゆっくりとベランダの屋根へついて、窓《まど》からもぐりこみました。

「やあ、いらっしゃい!」

ムーミンパパがいいました。

「ご紹介《しょうかい》しましょう。これが、わたしの家内。こっちが、むすこです。それから、こちらはスノークのおじょうさん。ミムラさん。ちびのミイです」

「ミーサです」

「ホムサです」

「ばかみたい！」

といったちびのミイに、ミムラねえさんが話して聞かせました。

「これが、紹介《しょうかい》というものなのよ。あんたはいいから、だまってて。きちんとしたお客さんなんだから」

「今日は、少し取りちらかっておりますの。こまったことに、居間《いま》も水の中になってしまったんですよ」

と、ムーミンママがすまなそうにいいました。

「あら、どうかおかまいなく。ここは、ほんとにいいながめですわ。それに、お天気もおだやかで、すてきになりましたしね」

ミーサがいったのでホムサはびっくりして聞きました。

「ほんとに、そう思うの？」

ミーサは、まっ赤になってしまいました。

「わたし、でたらめをいうつもりじゃなかったんです。でもそういったほうが、きれいに聞こえると思って」

しばらく、みんなだまってしまいました。

「ここは、ちょっとせまいんですけど」

ムーミンママが、おずおずと口を開きました。

「でも、いつもとちがうのも、いいですわね。うちの家具が、まるでちがって見えますわ……。とくに、上と下とがさかさまになってますとね！　あと、水がとってもあたたかくなりましたわ。うちはみんな、泳ぐのが大好きですの」

「あら、そうでしたか」

と、ミーサは、ていねいにいいました。

また、ことばがとだえました。

だしぬけに、水がチョロチョロと流れる、かすかな音が聞こえてきたのです。

「ミイ！」

ミムラねえさんが、きびしい声を出しました。

「あたいじゃないわよ。海が、窓《まど》から入ってきてるの！」

まったく、その通りでした。また、水かさが増《ま》してきたのです。小さな波が一つ、窓わくをこえて入ってきました。そして、また一つ。

それからじゅうたんの上へ、滝《たき》のように水が落ちてきました。

ミムラねえさんは、あわてて妹をポケットの中へつっこんで、いいました。

「ほんとに、運がいいこと！　ここの家族は、みんな泳ぐのが好きで！」

3章

ばけものやしきに住みつく

ハンドバッグと裁縫《さいほう》かご、コーヒーポットと家族のアルバムを抱《かか》えて、ムーミンママは屋根の上にすわっていました。ときどき、高いところへうつって、ふえてくる水をよけていました。しっぽを水にぬらすのが、きらいなのです。とくに、今はお客さんもいますからね。

「それにしても、居間《いま》の家具ぜんぶを持ちだすなんてできないぞ」

と、ムーミンパパがいいました。

「あなた、いすのないテーブルや、テーブルのないいすが、なにになります？　それにシーツ入れのないいベッドだって、あってもうれしくないでしょ?」

と、ムーミンママはこたえました。

「そりゃそうだな」

パパも賛成《さんせい》しました。

「でも、鏡台があると、とてもいいわね。朝起きて鏡に向かうのは、たのしいことですもの」

ムーミンママは、おだやかにいいましたが、

「それから……」

と、しばらくしてつけくわえました。

「ソファーベッドがあると、午後にちょっと横になって考えごとができて、いいんですけどねえ」

「いや、そいつはだめだ」

「そう、わかったわ」

根こそぎにされた草や木が、流れていきました。カートやボウル、台車や魚のいけす、桟《さん》橋《ばし》や柵《さく》も、ぷかぷか浮《う》いていきました。からっぽのもあれば、家を失った人たちがぎゅうぎゅうづめに乗っているのもありました。けれども、居間《いま》の家具をのせるには、どれも小さ

すぎたのです。

ムーミンパパが、急にぼうしをぐっと後ろへずらして、谷の入り口のほうをするどく見つめました。海から、なにかあやしげなものがやってくるのです。お日さまの光が目に入って、それがおそろしいものかどうか、ムーミンパパには見わけられませんでした。

でも、大きなものです。居間《いま》の家具が十こぐらいはらくらくと入って、ムーミン一家よりももっと人数の多い大家族が、いっしょに乗れるくらいの大きさがあるのです。

はじめは、今にも沈《しず》みそうな、大きなつぼのように見えました。それから、かたむいて立っている貝にも見えてきました。

ムーミンパパは、家族のほうへ向きなおって、いいました。

「どうやら、なんとかなりそうだぞ」

「もちろん、なんとかなりますとも。わたしはここであたらしい家が来るのを、待っていたんです。わたしたち、なにもわるいことをしていないんですからね」

ムーミンママが返事をすると、ホムサが大声をあげました。

「そうとはかぎりません。いつもうまくいくわるい人たちだって、ぼくは知っています」

「まあ、かわいそう。どんなにつまらないことでしょう!」

ムーミンママは、びっくりしていいました。

だんだん、その変なものが近くまで流れてきました。なにかの家であるにはちがいありません。貝がらの形をした屋根の上に、金でできた顔が二つついていました。一つは泣いていて、一つは笑っています。その二つの顔の下に、半月形の部屋がのぞいていました。

その部屋はまっ暗で、クモの巣だらけです。きっと、洪水《こうずい》が壁《かべ》をもぎとってしまったのにちがいありません。ぽっかりと大口を開けた穴《あな》の両側に、赤いベルベットのカーテンがかかっていましたが、みじめに水の中へたれさがっていました。

ムーミンパパは暗がりを、疑《うたが》わしそうにじろじろと見ました。それから用心深く、声をかけました。

「だれか、いますか?」

なんの返事もありません。開いたままのドアが海のうねりにゆられて、バタンと閉《し》まる音が聞こえました。がらんとしたゆかの上を、ほこりが玉になっていくつもころころと転がっています。

「ここにいた人たちが、あの嵐《あらし》の中で、うまく助かっていてくれるといいのだけど」

と、ムーミンママが、心配そうにいいました。

「お気のどくなご家族。どんな人たちだったのかしら。こんなふうに家を取りあげられちゃったなんて、ほんとにおそろしい……」

「なあ、水がふえてきているよ」

と、ムーミンパパがいいました。

「はい、はい。それじゃ、引《ひ》っ越《こ》しましょう」

ムーミンママは、あたらしいわが家へはい上がって、あたりを見回しました。住んでいたのは、ちょっとだらしない人たちだったようです。でも、だれだってそうじゃないでしょうか。おまけに、ありとあらゆるがらくたが集めてありました。壁《かべ》が落ちてしまっているのは、たしかにざんねんですが、今は夏ですから、もちろんたいしたことではありません。

「居間《いま》のテーブルは、どこへ置いたらいいの？」

ムーミントロールがたずねると、ムーミンママがいいました。

「ここのまん中がいいわ」

こい赤色のベルベット地にふさのついている、居間の立派《りっぱ》な家具にかこまれると、ママはとてもゆったりした気分になりました。このへんてこな部屋も、たちまち住《す》み心地《ごこち》がよくなったのです。うきうきした気持ちでロッキングチェアに腰《こし》かけ、カーテンや空色の壁紙のことを、あれこれ思案しはじめました。

「もう、あの家には、旗を立てる棒《ぼう》しか残っていないのだなあ」

ムーミンパパが顔をくもらせると、ムーミンママはパパの手を軽くたたいて、こういいました。

「いい家でしたものね。ここよりずっと。だけど少したてば、ここだってなにもかも、ごくあたりまえと思えるようになりますわ」

（読者のみなさん、ムーミンママはまったくまちがっていました。なにもかも、あたりまえになるなんて、けっしてないでしょうね。

なにしろ、こんどうつってきた家は、ふつうのしろものではなかったのですから。それにここに住んでいた家族だって、およそふつうとはちがう人たちでした。でも今は、これ以上いわないでおきましょう）

「ぼくが、旗も取ってきましょうか」

と、ホムサが聞きました。

「いや、あのままにしておこう。あれはあれで、とても立派《りっぱ》に見えるからな」

ムーミンパパは、そういったのでした。

みんなは、ゆっくりとムーミン谷をただよっていきます。「おさびし山《やま》」への道に入るときになっても、水の上につき出たしあわせのしるしのように、小さくひるがえっている旗が見えました。

ムーミンママは、このあたらしい家で、夕方のお茶のしたくをしていました。

大きくてよそよそしい居間《いま》の中で、お茶を飲むテーブルがなんだかぽつんとさびしそうに見えます。まわりをいすや鏡台やたんすが取りまいていますが、後ろのほうは暗闇《くらやみ》と沈黙《ちんもく》とほこりの中に、消え入っているのです。そして、どうどうとしたシャンデリアが、赤いふさのふちかざりをつけて、つり下がっているはずの天井《てんじょう》――それが、中でもいちばんへんてこでした。

ひみつめいたかげの中に見えなくなっていて、上のほうでなにかがゆれ動いています。水の中に浮《う》かんでいる家が動くのにつれて、なんだか大きくてぼやけたものがゆらゆらとゆれるのです。

「わけのわからないことだらけね。でも本当は、なんでもいつもと同じようにあると思うほうが、おかしいのかもしれないわ」

ムーミンママは、ひとりごとをいいました。

テーブルの上に出したティーカップを数えていて、ムーミンママはマーマレードをわすれてきてしまったのに気づきました。

「ああ、こまった！　ムーミントロールは、お茶とマーマレードをいっしょに食べるのが好きなのに、マーマレードをわすれてきちゃうなんて」

するとホムサが、見かねていいました。

「ここに住んでた人たちもマーマレードを持っていくのを、わすれたかもしれませんよ。つつむのが大変だったとか、でなければびんの中にマーマレードがあんまり残っていなくて、わざわざ持ちだすほどじゃなかったとか」

「その人たちのマーマレードが、すぐに見つかればいいけれど」

ムーミンママは、疑《うたが》わしそうです。

「ぼくが探《さが》してみます。どこかに食べもの部屋があるはずだと思うんです」

こうホムサはいって、暗闇《くらやみ》の奥《おく》へ歩いていきました。

ゆかのまん中に、ぽつんと一つドアがありました。ホムサはまず確かめようと、それを通りぬけました。するとおどろいたことに、そのドアは紙でできていて、裏側《うらがわ》には大きなタイルストーブの絵がかいてあったのです。つぎに階段《かいだん》を上がってみましたが、こんどはとちゅうまでしかありませんでした。

ホムサは考えました。

「だれか、ぼくをからかってるやつがいるぞ。でもおもしろいやつじゃないな。ドアというのは、どこかへ入るためのものだ。階段というのは、どこかへ上がるためのものだ。もし急に、ミーサがミムラみたいなことをやりだしたり、ホムサがヘムレンになったら、世の中はいったいどうなるんだよ？」

そこかしこに、がらくたがありました。ボール紙や布《ぬの》や木で作ったふしぎなものが、置かれています。おそらく、まえに住んでいた家族がつかれてしまって、屋根裏《やねうら》へ運び上げなかったのか、とちゅうで投げ出してしまったものでしょう。

「なにか、探《さが》しに来たの？」

ミムラねえさんが、たな板も裏張《うらば》りもない戸だなの中から、ひょっこりあらわれてたずねました。

「マーマレードですよ」

と、ホムサは答えました。

「ここには、なんでもあるわよ。マーマレードだって、もちろん。きっと、すごくおかしな家族が住んでたにちがいないわ」

ミムラねえさんがいうと、ちびのミイも、もったいぶってつけくわえました。

「あたいたち、そのうちのひとりを見たわよ。でも、見られたくないみたい！」

「いったい、どこで？」

ホムサがたずねました。

ミムラねえさんがうす暗いすみを指さしましたが、そこは天井《てんじょう》までがらくたでうずまっていました。一本のシュロの木が壁《かべ》にもたせかけてあって、紙でこしらえた葉っぱが、うら悲しくカサカサと音を立てていました。

ちびのミイが、声をひそめました。

「わるものよ！　あたいたちをみなごろしにしようと、待ちぶせてるの！」

「まあ、落ちついて」

と、ホムサはいいましたが、のどに引っかかったような声でした。

ホムサは、開いたままの小さなドアまで進みよって、そっとにおいをかぎました。

のぞいてみるとろうかが見えて、うす気味わるくまがりくねった先が、まっ暗やみの中へ消えています。

「ここのどこかに、食べもの部屋がありそうですよ」

と、ホムサがいいました。

三人が入っていくと、ろうかに小さなドアがたくさんならんでいました。

ミムラねえさんが首をのばし、苦労してやっとドアの表札を読みあげました。レ、ク、ビ、シー、タと読めました。「レクビシータ」、これはまちがいなくわるものの名まえです！

ホムサが勇気を出して、ドアをノックしました。三人は息をころして待ちましたが、レクビシータのやつは留守《るす》でした。

そこでミムラねえさんが、ドアをおし開けました。

一度にこんなにたくさんのものを見たのは、三人とも初めてでした。その部屋はゆかから天井《てんじょう》までたなになっていて、およそのせられるものは、なんでもかんでも、それこそごちゃごちゃとならべられていたのです。くだものを入れた大きなボウルが、おもちゃやランプや食器とおしくらまんじゅうをしているかと思うと、いくつもの花にはさまって、鉄のよろいやかぶとがあります。なにかの道具も、はくせいの鳥も、本も、電話も、せんすも、バケツも、鉄砲《てっぽう》も、地球儀《ちきゅうぎ》も、ぼうしの箱も、時計も、郵便秤《ゆうびんはかり》も、そのほかにも、まだまだならんでいました。

ちびのミイが、ミムラねえさんの肩《かた》からたなの上へ、ぴょんと飛びうつりました。そして鏡をのぞきこんで、さけびました。

「あれ！　あたい、いつもより小さくなっちゃった！　っていうか、ぜんぜん見えないよ！」

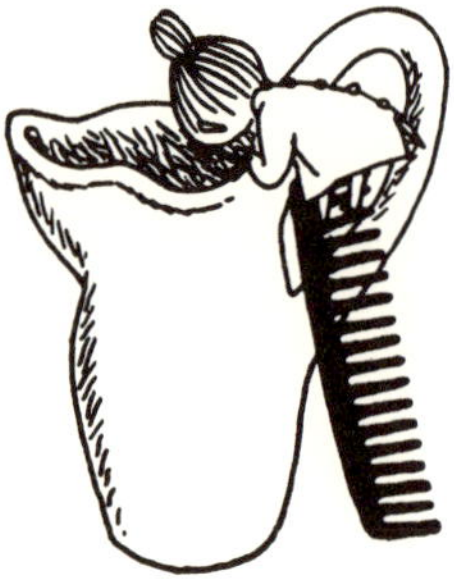

「これは本当の鏡じゃないの。あんたは、ちゃんといるわよ」

ミムラねえさんは、おしえてやりました。

ホムサはマーマレードを探《さが》し回《まわ》っていたのですが、

「まあ、ジャムでもいいとしますか」

と、一つのびんを指さしました。

「それ、石膏細工《せっこうざいく》よ」

ミムラねえさんが、そういいながらりんごを一つ取ってかじったとたん、大声をあげました。

「あっ、これは木だわ！」

ちびのミイがげらげら笑いました。

しかしホムサは、気が重くなりました。まわりにあるのは見せかけの品ばかりで、きれいな色でごまかしてはいるものの、手でさわるとただの紙だったり、木だったり、石膏だったりするのです。金の冠《かんむり》には、どっしりした重さがありません。花だって紙の造花《ぞうか》でした。バイオリンには弦《げん》がありませんし、箱には底がないし、本は開くことさえできないのです。

正直な心をきずつけられて、ホムサは、これはいったいどういうわけなのだろうかと、考えこみました。でも、さっぱりわけがわかりません。

（ああ、ぼくがもうちょっとかしこいか、もうちょっと年をとってればなあ）

ミムラねえさんが、口を開きました。

「あたし、ここが好きだわ。どれもこれも、まるで、でたらめなんだもの」

すると、ちびのミイが聞きました。

「だったらどうなのさ？」

「どうもしないわ。ばかなこと、聞かないで！」

ミムラねえさんは、ほがらかに返事をしました。

そのとたん、だれかが鼻を鳴らしたのです——大きく、まるでばかにしたように。

三人はこわくなって、顔を見合わせました。

「ぼく、あっちへ行きますね。こんなものばかり見てたら、ゆううつになるもの」

と、ホムサがつぶやきました。

そのとき、居間《いま》のほうでドスンと大きな音がして、たなからほこりが舞《ま》い上《あ》がりました。

ホムサは刀を引っつかんで、ろうかへ飛び出しました。ミーサの悲鳴が、聞こえました。

居間はまっ暗です。なにか、大きくてやわらかいものが、ホムサの顔にドサッと落ちてきました。ホムサは目をつむり、すがたの見えない敵《てき》に向かって、まっすぐ木の刀をふり下ろしました。その敵は布《ぬの》きれみたいに、ビリビリッと音を立てました。そして、ホムサが思い

きって目を開くと、穴《あな》から日の光が見えたのでした。

「あんた、いったい、なにをしたのよ」

ミムラねえさんがたずねると、ホムサは、ふるえながら返事をしました。

「レクビシータをころしたんです」

ミムラねえさんは笑って、その穴をくぐって居間《いま》へ入り、またいいました。

「みんな、なにをしでかしたの？」

「ママが、つなを引っぱったんだ！」

と、ムーミントロールが、どなりました。

「そしたら、なんだかこわいこわい大きなものが、天井《てんじょう》から落ちてきたんだわ！」

と、ミーサがつづけてさけびました。

「それからいきなり、居間《いま》のまん中にいなかの景色が出てきたの。わたしたち最初、それをほんとのものだと思ったのよ。あなたが原っぱから出てくるまではね」

スノークのおじょうさんが、説明しました。

ミムラねえさんはふり返りました。

なるほど、緑のしたたる白樺《しらかば》の木が、青い青い湖にすがたをうつしていました。

ほっとしたホムサの顔が、草の中からつき出ました。

「まあまあ、よかったわ。わたしはカーテンのひもだと思って、引っぱったのよ。そしたら、こんなものが上から落ちてきてね。だれもぺしゃんこにならなくて、よかったこと！

マーマレードは見つかった？」

ムーミンママがたずねたのでホムサは答えました。

「いいえ」

「まあ、とにかくお茶を飲みましょう。この絵を見ながらね。すばらしくきれいな絵だわ。ただ、落ちついて見せてほしいものね」

と、ムーミンママはいって、ティーカップに紅茶《こうちゃ》をつぎはじめました。

ちょうどそのとき、だれかが笑ったのです。

あざけるような、たいそう年とった人の笑い声が、紙のシュロの木がある暗がりから聞こえてきました。

長いこと、しいんとしていましたが、ムーミンパパがたずねました。

「なぜ、笑うんだね」

まえよりも、いっそう長い沈黙《ちんもく》がつづきました。

「あなたも、お茶をおあがりになりません？」

ムーミンママが、ためらいながら聞きました。

むこうの暗がりは、やっぱり静まりかえっています。

「きっと、わたしたちよりまえに、ここに住んでいた家族の人ね。どうして、あいさつに出てこないのかしら」

と、ママがいいました。

みんな、長い間待ちましたが、なにも起こりません。そこでムーミンママが、

「みんな、お茶が冷めてしまいますよ」

といって、パンにバターをぬりはじめました。

チーズを同じ大きさに切っている最中に、はげしいにわか雨が屋根を打ちつけました。強い風が起こって、家のすみずみが、かなしそうにうめきました。

みんな、外を見ました。すると、きらきら輝《かがや》いている夏の海に、お日さまがのどかに沈《しず》んでいくところだったのです。

「ここはたしかに、なにかがおかしいぞ」

ホムサが怒《おこ》って、いいました。

こんどは、嵐《あらし》になりました。遠くの海岸に、大波のくだける音が聞こえます。雨は、どしゃぶりでした。ところが、むこうのほうでは、あいかわらずいい天気です。つづいて、かみなりが鳴りだしました。はじめはゆっくりゴロゴロいっていましたが、だんだん近づいてきて、白い稲光《いなびかり》が、ぴかっぴかっと居間《いま》を走りました。そして一つ、また一つと、ムーミン一家の頭の上で、とどろきわたるのでした。

それなのにお日さまは、なにごともなく、平和に沈んでいっています。

さらに、ゆかが回りはじめました。はじめはゆっくりでしたが、だんだんスピードが速くなって、紅茶《こうちゃ》がティーカップからこぼれ出しました。テーブルもいすも、家族のみんなも、まるでメリーゴーラウンドに乗っかっているみたいに、ぐるぐるぐる、回りました。その外側を、鏡台やらたんすやらがいっしょになって、ぐわんぐわん回るのです。

ふいに、ぴたりと止まりました。始まりもとつぜんでしたが、おわりもとつぜんでした。かみなりも稲光《いなびかり》も、雨も風も、やみました。

「ほんとに、ふしぎな世の中だこと」

ムーミンママは、いいました。

「こんなの、おかしいよ！」

と、ホムサが大声をあげました。

「雲なんか出てませんでした。それに、かみなりがたんすに三回も落ちたのに、なんにもこわれてません！　しかも、雨も風も急に起こって……」

「あの人、わたしを笑ったんだわ！」

ミーサもさけびましたが、ムーミントロールはいいました。

「だけど、もうなにもかもおわったんだよ」

「これからは、うんと気をつけることにしよう。この家はなにが起こるかわかったもんじゃない、おそろしいばけものやしきなんだ」

ムーミンパパが、声をかけました。

「どうも、ごちそうさまでした」

と、ホムサはいって居間《いま》のはしまで歩いていくと、うす暗がりの中を見つめて、考えました。

（どうもあの人たちは、ぼくとまるっきりちがうなあ。みんなはものを感じるし、色も見えれば、音も聞こえ、あばれまわりもする。ところが、なにを感じたか、なにを見たり聞いたりしたか、なぜあばれまわるか、ぜんぜん気にしちゃいないんだ）

今はお日さまのいちばんはしっこも、海のかなたに見えなくなりました。

すると同時に、居間《いま》全体が、ぱっと照らされたのです。

ムーミン一家のものたちはぎょっとして、それぞれのティーカップから顔を上げました。頭の上でいくつものランプが、アーチのように輝《かがや》いていました。赤いのと青いのとが、かわりばんこに組み合わされています。それが星でできた光のリースのように、夕暮《ゆうぐ》れの海にくっきりと、うつっていたのです。たいそう美し

い、そして、なごやかなながめでした。ゆかのふちにも、一列にならんだあかりが灯《とも》りました。

（これは、人が海の中へ落っこちないようにしてあるのね。人生って、やっぱりちゃんとしたものだわ。でも、あんまり変わったことばかりつづいたから少しつかれてしまったわ。もう、今日は寝《ね》るとしましょう）

こう、ムーミンママは思いました。でもふとんにくるまるまえに、あわてていったのでした。

「なにかあったら、起こしてね」

その晩《ばん》おそく、ミーサは水ぎわをひとり、ぶらぶら歩きました。月がのぼり、夜空をさみしく散歩しています。

（お月さまって、わたしみたいね）

ミーサは胸《むね》をしめつけられる思いで、考えにふけりました。

（ほんとにひとりぼっちで、こんなにまるくて……）

すると自分がいよいよみじめで、かわいそうに思われ、ミーサは、ほろりと涙《なみだ》をこぼさずにはいられませんでした。

「どうして、泣いてるの？」

と、ホムサがそばによってきて、たずねました。

「わからないわ。とっても、きれいだからよ」

ホムサは、なっとくしません。

「だって、人はかなしいときに泣くものだろ」

「ええ――お月さまが……」

ミーサは弱々しくいって、はなをすすりました。

「お月さまと、夜と、なんともいえないかなしさが……」

「うん、うん」

と、ホムサはいいました。

4章 みえっぱりということ、そして木の上で寝《ね》るのは、危険《きけん》であること

何日か、すぎました。

ムーミン一家は、このおかしな家になれてきました。毎晩《まいばん》、日が沈《しず》むと、すぐにあのきれいなランプが灯《とも》りました。

雨の日には赤いベルベットのカーテンを引くといいぐあいなのを、ムーミンパパが見つけました。ゆかの下には、小さな食べもの部屋もありました。そのまるい屋根つきの部屋は、すっかり水の下にもぐっているので、食べものをつめたくしておけました。

けれどもいちばんすごい発見は、天井《てんじょう》に絵がいっぱいあって、白樺《しらかば》の木の絵よりももっときれいなものがあったことでした。それを思うままに、つり上げたり、つり下げたりできるのです。みんながいちばん好きなのは、こまかいかざりもようの手すりにかこまれた、ベランダの絵でした。それを見ていると、ムーミン谷を思い出すからです。

そんなわけで本当はみんな、すっかりしあわせなはずでした。あの気味のわるい笑い声さえしなかったなら。たのしくおしゃべりしていても、いやな笑い声にじゃまされて、ぞっとしてしまいます。「ふん」と、鼻息だけが聞こえることもありました。なにものかが、鼻を鳴らしてせせら笑いをしながら、すがたはけっしてあらわさないのです。

ムーミンママは、夕ごはんを一皿べつに取りわけて、あの紙のシュロの木のあるうす暗がりへ置くことにしました。するとごちそうは、いつもきれいに食べつくされてしまうのでした。

「だれかさんは、きっと、はずかしがりやなのね」

ムーミンママがいうと、ミムラねえさんが口をはさみました。

「だれかさんはね、待ちぶせしてるのよ」

ある朝、ミーサとミムラねえさんとスノークのおじょうさんが、ならんで髪《かみ》をとかしていました。

「ミーサは、髪《かみ》のスタイルを変えたほうがいいわ。まん中でわけるのは似合《にあ》わないもの」

と、ミムラねえさんがいいました。

「前髪が、ミーサにはないのよ」

スノークのおじょうさんはそういって、両耳の間のやわらかな毛を、かきあげました。そして、しっぽのふさを軽くととのえて、うぶ毛が背中《せなか》できちんとなっているか見ようと、体をくねらせたのです。

「すっかりうぶ毛にくるまれてるって、気持ちいいの？」

「とっても！」

ミムラねえさんのことばに、スノークのおじょうさんはきげんよく答えて、

「ミーサ、あなた、うぶ毛はある？」

と聞きました。

ミーサは、返事をしませんでした。

「ミーサにも、うぶ毛があるといいわね」

ミムラねえさんがそういいながら、髪をまとめはじめました。

「それか、こまかくウェーブがかかっているとか」

と、スノークのおじょうさんがいいました。

するとだしぬけに、ミーサがゆかの上でじだんだをふんだのです。そして、目にいっぱい涙《なみだ》をためて、さけびました。

「あんたたちの、古くさいうぶ毛が、なんだっていうのよ！　なんでも、知ったかぶりしてさ。スノークのおじょうさんなんか、服も着てないじゃないの。わたしは、けっして、けっして、服を着ないで歩くなんてしないわ。なんにも着ないで歩くくらいなら、死んだほうがましよ！」

ミーサはわっと泣きだすと、居間《いま》を横切って、ろうかへかけこみました。しゃくりあげながら、よろめき進んでいきましたが、急にこわくなって、ぴたりと足を止めました。あの不気味な笑い声を、思い出したのです。

ミーサは泣くのをやめて、びくびくしながら手さぐりで引き返してくると、一生懸命《いっしょうけんめい》に、居間のドアを探《さが》しました。長びくにつれて、こわさがつのります。やっとドアを見つけて、それをぐっと開けました。

ところがミーサが飛びこんだのは居間ではなくて、まるきりべつの部屋だったのです。うす暗いあかりに照らされており、頭ばかりがずらりとならんでいるのでした。みんな切り落とされた頭で、おそろしく細長い首にたくさんの髪《かみ》の毛《け》がくっついていました。それがいっぱいならんで、どれもみな、壁《かべ》のほうを向いています。

（もし、あれがこっちを向いたら……）

ミーサは、思わずうろたえました。

（こっちを見たら、どうしましょう！）

ミーサは、おびえきって、動くこともできませんでした。ただただ、魔法《まほう》にかけられたように、目をまんまるに見開いて見つめるばかりでした。その頭についている波打つようにウェーブのかかった金色の毛や、黒い毛や、赤い毛を……。

その間、スノークのおじょうさんは居間《いま》にすわって、沈《しず》みこんでいました。

「ミーサのことなんか、気にしないこと！　あの人、いつでもすぐにのぼせ上がるのよ」

と、ミムラねえさんがいいました。

「でも、ミーサのいう通りだわ」

スノークのおじょうさんはそうつぶやいて、自分のおなかに目をやりました。

「わたし、服を着るべきね」

「あらやだ、ばかなことといわないでよ」

「あなたは、服を着てるじゃないの！」

「そう、あたしは着てるわよ」

ミムラねえさんはおかまいなしに、

「ねえ、ホムサ。スノークのおじょうさんは、服を着たほうがいいと思う？」

と聞きました。

「そうですね、寒いと思うんなら」

「ちがうの、そういうことじゃなくて――」

スノークのおじょうさんがいいかけましたが、ホムサはことばをつづけました。

「でなけりゃ、雨がふったときにね。だったら、レインコートのほうがいいでしょうけどね」

スノークのおじょうさんは、首を横にふりました。それからしばらくぐずぐずしていましたが、やがて、

「わたし、ミーサのところへ行って、仲直りしてくるわ」

というと、懐中電灯《かいちゅうでんとう》を手に、小さいろうかへ入っていきました。

ろうかには、だれもいませんでした。スノークのおじょうさんは、そっと呼《よ》んでみました。

「ミーサ？　わたしね、やっぱり、まん中でわけたあなたの髪《かみ》が好きよ……」

だけど、ミーサは、返事をしません。わずかに開いているドアから、細い光のすじがもれているのが見えました。中をのぞいてみたくなって、スノークのおじょうさんはそっとかけよりました。

中ではミーサが、すっかり見ちがえるような髪の毛をつけてすわっていました。

長くて黄色いたてロールの髪《かみ》が、ミーサのふさぎこんだ顔をふちどっていました。

ミーサは、鏡の中を見て、ため息をつきました。それからまた、べつの美しい、ほとばしるような赤い髪の毛をつけて、前髪を目のところまでたらしました。だけどやっぱり似合《にあ》いません。

とうとうミーサは最後まで残しておいた、いちばん好きな髪の毛を、ふるえる手で取り上げました。みごとなまでにつややかに黒く、涙《なみだ》のように光るこまかい金のつぶをちりばめた、ウェーブの髪の毛です。ミーサは息を止めて、それを頭にかぶりました。それから、じいっと鏡の中の自分をながめましたが、またのろのろと髪の毛をはずしてへなへなとすわりこみ、ゆかに目をふせたのです。

スノークのおじょうさんは、足音をしのばせて、ろうかを引き返しました。ミーサがひとりきりでいたがっているのが、いたいほどわかったからです。

けれどもおじょうさんは、みんなのいるところへはもどらずに、ろうかの先へ歩いていきました。うっとりするようなすてきなにおい、おしろいのにおいがしてきたからです。懐中電灯《かいちゅうでんとう》の光がスポットライトのように、壁《かべ》を上へ下へとはい歩き、しまいに、わくわくすることばのところで止まりました。「衣装部屋《いしょうべや》」です。

「衣装……服……ドレス！」

小さく声に出して、ドアのハンドルを動かすと、中へ入りました。

「まあ、すてき！　ほんとに、なんてきれいなんでしょう」

おじょうさんは、胸《むね》がどきどきしました。ドレス、ドレス、ドレス。ドレスばかりが見わたすかぎり、いく百となく、ぎっしりとならべられて、何列も長々とつり下がっているではありませんか。金銀の糸で作られたドレスも、雲のようにふわふわのチュールや白鳥の毛のドレスも、花がらのシルクのドレスもあります。ダークレッドのベルベットのドレスも、たくさんのスパンコールが光り、つぎつぎ色が変わる、きらきらのドレスもありました。

近づいてみて、スノークのおじょうさんは、ぼうっとなってしまいました。指でドレスにさわってから、腕《うで》いっぱいにドレスを抱《かか》え、鼻におしつけたり、胸にだきしめたりしました。ドレスはサラサラと鳴って、ほこりと香《こう》水《すい》のにおいを立てました。やわらかいドレスたちは、おじょうさんをはてしなくやわらかな世界にひきずりこんだのです。

ふいにスノークのおじょうさんは、ぜんぶを手からはなすと、ちょっとの間、逆立《さかだ》ちしました。それからそっとつぶやきました。

「少し気を落ちつけないとね。そうしないと、わたし、しあわせで破裂《はれつ》しちゃうわ。あんまりたくさんありすぎて……」

夕ごはんのまえ、ミーサは居間《いま》のすみにすわりこみ、かなしみに沈《しず》んでいました。

「あら、ここにいたのね」

スノークのおじょうさんは、こういって、となりに腰《こし》を下ろしました。

ミーサは横目で見ただけで、返事もしません。

おじょうさんが、話しかけました。

「わたし、服を探《さが》しに行ったの。そしたら、何百着も見つかったから、すごくうれしくなっちゃった」

ミーサは、なんともいえないうなり声を立てました。

「千もあったかもしれないわ！　わたし、うんとうんと見て、うんとうんとためしてみたのよ。そしたら、だんだんかなしくなっちゃったわ」

と、スノークのおじょうさんは、つづけました。

「かなしく、ですって！」

ミーサが、大きな声を出しました。

「そうよ。変でしょ？　でも、ドレスがたくさんありすぎたのよ。あれをぜんぶ着てみるなんて、とうていできないし、どれがいちばんきれいかも、わたしには決められなかったの。ドレスがこわくなったくらいよ。もし、あそこに一着だけあったのなら、どっちがきれいか、すぐにわかったでしょうけど」

「そのほうが、ずっとましだったわね」

ミーサも少し明るい顔になりました。

「だからわたし、ぜんぶほっぽり出して逃《に》げてきたの」

しばらく、ふたりは口を閉《と》じたまま、ムーミンママが夕ごはんのしたくをしているのをながめていました。

「いったい、まえには、どんな人たちが住んでたのかしら。千着ものドレス！　ぐるぐる回るゆか、天井《てんじょう》にあるたくさんの絵や物置部屋におしこんであるがらくた――紙で作った家具や、おかしな雨……。いったい、どんな人たちだったと思う？」

スノークのおじょうさんがいいました。

ミーサはあのきれいな髪《かみ》の毛《け》のことを考えて、ため息をつきました。

けれども、ミーサとスノークのおじょうさんの後ろ、あの紙でできたシュロの木の裏《うら》の、ほこりにまみれたがらくたの中には、ゆだんなく光る小さな目玉が二つあったのです。その目は、ばかにしたようにふたりをながめ、それから居間《いま》の家具のほうへ動いていき、オートミールをテーブルの上へならべている、ムーミンママのところで止まったのでした。目玉はいっそう黒くなって、その下の鼻にしわがより、音のない鼻息をもらしました。

「ごはんができましたよ」

と、ムーミンママが呼《よ》びました。ママは、オートミールの入ったお皿を一つ持っていって、シュロの木の下の、ゆかの上に置きました。

みんな走ってきて、夕ごはんのテーブルをかこみました。

「ママ」

と、ムーミントロールがいって、お砂糖《さとう》のほうへ手をのばしましたが、

「ママ、あのね……」

といったまま、急にだまりこくってしまって、ドスンと砂糖入れを落としたのです。

「見て！　ほら、あれ！」

と、ムーミントロールは、声をひそめました。

みんな、ふりむいて、そっちを見ました。

影《かげ》が一つ、暗がりから出てきていました。なにか灰色《はいいろ》でしわくちゃなものが、お日さまの光のまぶしさに目をしばたたきながら、足を引きずってやってきたと思うと、口ひげをふる

わせて、みんなをにらんでいたのです。

それは、年とった劇場《げきじょう》ねずみで、

「わしは、エンマという名まえじゃ」

と、重々しく名のってから、いいました。

「わしは、オートミールが大きらいなのを、知らせてやりたいと思うてな。おまえさんらは、これで三日もオートミールを食べとる」

「明日は、おかゆにしますわ」

ムーミンママが、おずおずというと、エンマは答えました。

「おかゆもきらいじゃ」

ムーミンパパが口を開きました。

「エンマさん、おかけになりません

か？　この家はすてられたものだと思って、わたしらは……」

「家だと！」

エンマは、パパのことばをさえぎって、

「家！　これは、家ではないわい」

と、せせら笑いました。それから、足を引きずって、夕ごはんのテーブルへ近づきましたが、すわりませんでした。

「あの人、わたしに怒《おこ》ってるの？」

ミーサが、そっとたずねました。

「あんた、なにかしたの？」

ミムラねえさんが聞くと、ミーサはお皿に向かって、ぼそぼそいうのでした。

「なんにもしやしないわ。ただ、そんな気がするだけよ。いつでも、だれかがわたしのことを怒《おこ》っているような――。もし、わたしが世界でいちばんすてきなミーサだったら、すっかりようすは変わるんだけど……」

「そうね。だけど、そうじゃないんだから」

と、ミムラねえさんはいって、食べつづけています。

「エンマさんのご家族は、助かりましたの？」

ムーミンママは、やさしくたずねました。

エンマは返事もしないで、じっとチーズを見ています。……そして、いきなり手をのばすと、チーズをポケットへつめこみました。それから、だんだん目をうつして、一かけらのパンケーキを見つめました。

「それは、あたいたちのよ！」

ちびのミイはさけぶと、ぴょんと飛びあがって、パンケーキの上にすわってしまいました。

「そんな、おぎょうぎのわるいことを！」

と、ミムラねえさんがきびしい声を出しました。そして、ちびのミイを下ろして、パンケーキからごみをはらい、テーブルクロスの下にかくしました。

ムーミンママが、あわてていいました。

「ねえ、ホムサ。エンマさんになにかおいしいものが残ってないか、食べもの部屋をいそいで見てきてちょうだいな」

ホムサは、走っていきました。

「食べもの部屋だと！」

エンマが、大声をあげました。

「食べもの部屋！　おまえさんがたは、プロンプター（役者にそっとせりふを教える人＝かげの声）のかくれるとこを、食べもの部屋と思うとる！　舞台《ぶたい》を居間《いま》と思い、書きわりを絵だと思うとる！　どんちょう（芝居《しばい》の幕《まく》）がカーテンで、小道具（芝居で使ういろいろなもの）を、レクビシータという人間だと思うとる！」

エンマは顔をまっ赤にして、おでこまでつづくくらい、鼻にしわをよせてさけびました。

「わしゃあ、うれしい。舞台監督《ぶたいかんとく》のフィリフヨンクさんが、おまえさんがたを見ずにすんで、わしゃあ、うれしいよ！（フィリフヨンクさんよ、やすらかに）おまえさんがたは、劇場《げきじょう》のことを、なんにも知らん！　ただ知らんちゅうよりも、もっと知らんのじゃ。知らんということも、知らんのじゃ！」

「あそこには、うんと古くなったニシンしかありません。それも、小さいのが一ぴきだけです」

ホムサがもどってきて、いいました。

エンマは、ホムサの手からニシンを引ったくると、頭をそびやかし、足を引きずりながら、元のすみっこへ帰っていきました。そこで長い間ゴトゴトやっていましたが、とうとう大きなほうきを引っぱりだして、あらっぽくそうじしはじめたのです。

「劇場《げきじょう》って、なんですの？」

ムーミンママが心配そうに、小声で聞きました。

「わたしも、知らないんだ。どうやら知っていないと、いかんことらしいな」

と、ムーミンパパはいいました。

その晩《ばん》、ナナカマドの花のかおりが、居間《いま》の中まで強くただよってきました。小鳥たちが、天井《てんじょう》の下のクモをつかまえに飛びこんできましたし、ちびのミイは、居間のじゅうたんの上で大きなおそろしいアリに出会いました。だれも気がつかないうちに、みんなは森の中へ流れついていたのです。

ムーミン一家の興奮《こうふん》ぶりといったらありません。みんなはエンマのこわいこともわすれて、水ぎわに行って、熱心に話し合いました。身ぶり手ぶりをまじえながら。

それから大きなナナカマドの木に、水に浮《う》かぶ家をロープでくくりつけました。ムーミンパパが自分のステッキに、もやいづな（船をつなぎとめるロープ）をしっかり結《ゆ》わえて、そのステッキを食べもの部屋の屋根へ、まっすぐにつきさしたのです。

「プロンプターボックスの屋根を、こわすでないぞ！　これは、劇場なのか、それとも、船つき場なのかい」

と、エンマがどなりました。

「エンマさんがおっしゃるんだから、劇場《げきじょう》でしょう。ですが、われわれの中には、劇場ってどういうものなのか知ってるものがおらんのですよ」

と、ムーミンパパはすなおに答えました。

エンマは返事をせずに、まじまじとムーミンパパの顔を見つめました。そして首を横にふり、あきれたように肩《かた》をすくめると、あらい鼻息を立てました。それからまた、そうじをはじめたのでした。

ムーミントロールは、ナナカマドの大きな木を見上げていました。白い花のまわりには、みつばちや花ばちがブンブンうなっています。幹《みき》も美しく枝《えだ》をさしのべていて、その枝のわかれめは、小さい人なら、寝《ね》るのにちょうどいいくらいでした。

「ぼく、今夜はこの木の上で寝るよ」

ムーミントロールが、とつぜんいいだしました。

「わたしも」

スノークのおじょうさんが、すぐに手をあげると、ちびのミイも、どなりました。

「あたいだって！」

「あたしたちは、家で寝《ね》るのよ」

ミムラねえさんが、きっぱりいいました。

「あそこには、アリがいるかもしれないのよ。さされたら、どうするの？　体がはれあがって、オレンジよりも大きくなっちゃうわよ」

「でも、あたい、大きくなりたいの。おっきくなりたい、おっきくなりたあい！」

ちびのミイがさけんだので、ミムラねえさんはいいました。

「さあ、おとなしくして。でないと、モランにつれていかれるわよ」

ムーミントロールはずっと立ったまま、緑の屋根のように葉がしげる、木のこずえを見上げていました。ムーミン谷のわが家にいるような気がします。ムーミントロールはなわばしごを作ることなんか考えて、いつのまにか口笛を吹《ふ》きはじめていました。

と、たちまちエンマが走ってきて、どなりました。

「口笛はおよし！」

「どうして？」

ムーミントロールは聞きました。

「劇場《げきじょう》で口笛を吹《ふ》くのは、えんぎがわるいんじゃ。それしきのことも、知らんのか」
エンマが、低い声で答えました。それから、なおもぶつぶつ文句《もんく》をいいながら、ほうきをふりふり、のろのろとものかげへ帰っていきました。
みんなは、不安そうにエンマを見送りました。少しの間、心がざわざわしていましたが、やがてそれも、すっかりわすれました。
寝《ね》る時間になると、ムーミンママは毛布《もうふ》などを木の上へつるしあげるのを手伝ってやりました。それから、ムーミントロールとスノークのおじょうさんが明日の朝、食べられるように、朝ごはんをつめた小さなバスケットをとのえました。

ミーサが、それを見ていていいました。

「ああ、わたしも一度、木の上で寝《ね》たいもんだわ」

「それなら、そうすればいいじゃない？」

ムーミンママのことばに、ミーサはぶすっとして答えました。

「だれも、わたしをさそってくれなかったもの」

「ミーサちゃん。さあ、まくらを持ってきて、あの子たちのところへ登っていきなさいな」

だけどミーサは、

「いいえ、わたしもう、そんなことしたくなくなったわ」

といって、むこうへ行ってしまいました。そうして、すみっこへすわりこんで泣きながら、こんなことを考えるのです。

（どうして、なにもかも、こんなふうになるのかしら。いつも、わたしが、かなしいつまらない目にばかりあうのは、どうしてなんだろう）

一方、ムーミンママはその晩《ばん》、眠《ねむ》れませんでした。

ママは横になって、ゆか下の水がピチャピチャいっているのを聞いていました。なんだか心配でたまりません。エンマがぶつぶついって足を引きずりながら、壁《かべ》のそばをうろついているのが、わかりました。森の奥《おく》で、なにか得体の知れないけものがほえています。

「パパ」

と、ムーミンママが、そっと声をかけました。

「うん」

ムーミンパパが、ふとんをかぶったまま返事をしました。

「わたし、なんだか心配だわ」

「なにもかも、うまくいってるじゃないか」

パパはむにゃむにゃいいながら、また眠《ねむ》ってしまいました。

ママはしばらく眠れずに、森のほうを見ていました。けれど、やがては眠りに落ちて、居《い》間《ま》の中は静かな夜になったのでした。


おそらく、一時間ほどたったでしょう。

そのとき灰色《はいいろ》の影《かげ》が、ゆかの上をしのび足で進み、食べもの部屋のそばに立ち止まったのです。エンマでした。年老いた力をふりしぼり、それに自分の腹立《はらだ》ちを合わせて、ムーミンパパのステッキを、食べもの部屋の屋根に開けられた穴《あな》から、引きぬきました。そして、ステッキともやいづなを思いきり遠く、海の中へ投げすてたのです。

「プロンプターボックスをきずつけおって！」

エンマはひとりごとをいいながら、ついでにテーブルの上から砂糖《さとう》入れを取って、ポケットへぜんぶつめこみ、暗がりの寝《ね》どこへもどっていきました。

もやいづながとき放されて、家はすぐに流れだしました。青と赤のランプがついた光《ひか》り輝《かがや》くアーチは、なおしばらく、木の間にまたたいていましたが、やがてそれも消えて、森を照らすものは、くすんだ白い月の光だけになりました。

5章　劇場《げきじょう》で口笛を吹《ふ》くと、どうなるか

スノークのおじょうさんは、寒気がして目をさましました。前髪《まえがみ》がずぶぬれでした。霧《きり》が大きなカーテンのように木々の間に立ちこめていて、少し先はなにもかもかすんで、灰色《はいいろ》の壁《かべ》の中に見えなくなっていました。

しっとりとした木の幹《みき》は、まっ黒です。けれども、その上にはえているコケなどはほんとに明るい色で、いたるところにきれいな花もようを作っていました。

スノークのおじょうさんは、まくらに顔をおしつけて、今まで見ていたたのしい夢《ゆめ》を見つづけようとしました。夢の中では、とても小さいすてきな鼻をしていたのです。しかし、どうにも眠《ねむ》れなくなってしまいました。

するとはっと感じたのです。

(なにかがおかしいわ)

スノークのおじょうさんは、がばっとはね起きてあたりを見回しました。

木々があって霧《きり》がかかっていて、水があって……。でも、家がありません。家がなくなっていて、自分たちだけがぽつんと取り残されているのです。しばらくの間おじょうさんは、なにもいえずにすわっていました。

それからかがみこんで、そっとムーミントロールをゆさぶりました。

「助けて!　ねえ、助けて!」

スノークのおじょうさんがこうささやくと、ムーミントロールは眠そうにいいました。

「それ、なにかあたらしい遊び?」

「いいえ。これ、本当なのよ」

スノークのおじょうさんはこわさでまっ黒になった目で、ムーミントロールをじっと見つめました。

ぽとっ、ぽとっと、黒い水面にしずくがしたたり落ちる音が、さびしく聞こえてきます。

花びらは、ゆうべのうちにすっかりちってしまっていました。おまけに、ひどい寒さです。

ふたりはぴったりと身をよせあったまま、じっとすわっていました。スノークのおじょうさんはまくらに顔をうずめて、声をもらさずに泣いていました。

やがてムーミントロールは立ち上がると、木の枝《えだ》につり下げておいたバスケットを、なんとなく手に取りました。

中には、朝ごはんの小さなかわいいサンドイッチがどれも二つずつ、うすい紙につつまれて、いっぱいつまっていました。それをみんなならべてみたものの、どうも食べる気はしません。

ふと、ムーミントロールは気がつきました。ママがサンドイッチのつつみに、なにか書いておいてくれたのです。どのつつみにも、それぞれ「チーズ」とか、「バターだけ」とか、「上等のソーセージ」とか、「おはよう」とか書いてありました。あと一つ、「これは、パパからのです」というつつみもありました。中身はロブスターの缶《かん》づめで、ムーミンパパが春から残しておいたものでした。

すると急に、力がわいてきたのです。——こんなことくらい、なんだ。きっと、たいしてこわいことはないんだぞ、って。

そこで、スノークのおじょうさんにいいました。

「もう泣くのはやめて、サンドイッチを食べなよ。この森の中を、木をつたって進んでいこう。

それから前髪《まえがみ》も、ちょっととかしてさ。きみがきれいにしてるのを見るのが、ぼくは好きなんだよ！」

ムーミントロールとスノークのおじょうさんは、一日中、木から木へとつたっていきました。夕方になって、水の底に緑色のコケが光っているのが、目に入りました。そして、だんだん水は浅くなっていき、ついにかたい陸地があらわれたのでした。

ようやく土の上に立ち、大地に生えるコケの中へ、ふんわりと足をふみ入れたときの気持ちのよさといったら。もみの木の森がつづき、静まりかえった夕暮《ゆうぐ》れの中で、かっこうが鳴いていています。生《お》いしげった木々の下には蚊《か》が群《むら》がって、ブンブンやっていました（さいわい、ムーミンのひふは分厚《ぶあつ》くて、蚊にはさされないのです）。

ムーミントロールは、コケの上にごろりと寝《ね》ころびました。一日中、とめどなく流れていく不気味な水ばかり見てきたので、頭の中までぐらぐらゆれている感じでした。

「わたし、あなたにさらわれたってことにしておくわ」

スノークのおじょうさんが、小さい声でいいました。

「うん、それがいい。きみは、おそろしくわめいたけれど、ぼくはとうとう、きみをさらってきたのさ」

ムーミントロールは、やさしく答えました。

お日さまは沈《しず》んでいましたが、六月ですから、それほど暗くはありません。夜でもほんのり明るくて、魔法《まほう》のかかった夢《ゆめ》のような世界です。

森の奥《おく》の木の下で、ぱっと火花がちったかと思うと、火が燃《も》え上《あ》がりました。それはもみの葉や枝《えだ》を使った、ちっちゃなたき火でした。小さな生きものたちが、もみの実を転がして火にくべようとしているのが、はっきり見えました。

「あの人たち、夏まつりのかがり火をたいてるのかしら」

スノークのおじょうさんが、いいました。

「そうか。ぼくたち、今日が夏至《げし》の前夜祭だったって、すっかりわすれてたね」

ムーミントロールは、もの思いに沈みながら、答えました。

ふたりは、家が恋《こい》しくてたまらなくなりました。それでコケから腰《こし》を上げて、森の中をさらに奥へと歩きだしました。

ムーミン谷のわが家では、いつもこのころにパパのりんご酒がおいしくできあがったものでした。夏まつりのかがり火は、かならず海辺でたかれて、谷や森にいる小さなはい虫たちが、みんな見にやってきました。遠くの浜辺《はまべ》や島でもかがり火がたかれますが、ムーミン一

家の火が、いちばん大きいのです。火の勢《いきお》いがいちばんさかんになったとき、ムーミントロールは、あったかい水の中へ入っていって、波に乗ってゆられながら、火をながめたものでした。

「かがり火が、海にうつるんだよね」

と、ムーミントロールがいいました。

「そうだったわ。そして火が燃《も》えつきると、九種類の花をつんで、まくらの下へ置くのよね。そうすると見た夢《ゆめ》が、みんななかなうのよ。でも、花をつんでる間もそのあとも、ひとこともしゃべってはいけないんだって」

「夢って、当たるの？」

「もちろんよ。いつもすてきなことが、ね」

スノークのおじょうさんは、答えました。

まわりの森の木が、だんだんまばらになってきたかと思うと、とつぜん目の前に、谷間が開けました。うつわにミルクをそそいだように、きれいな夜霧《よぎり》でみちています。

ムーミントロールとスノークのおじょうさんは、森のふちで、心細そうに立ち止まりました。煙突《えんとつ》のまわりにも、門柱のまわりにも、木の葉のかざりをつけた小さな家が、ぼんやりと見えます。

霧の中から、小さな鈴《すず》の音が聞こえてきました。いったん静かになって――それから、また鳴りました。でも煙突からは、けむりが出ていませんし、窓《まど》からあかりももれていませんでした。

こんなことが起こっている間に、水に浮《う》かんだ家では、大変かなしい朝をむかえていました。ムーミンママは、なにも食べようとしませんでした。ロッキングチェアにすわったまま、くりかえしくりかえし、こういうばかりなのです。

「ああ、かわいそうなおちびさんたち！　わたしのかわいいムーミンぼうや！　ひとりぼっちで、木の上に残されて！　もう、どうやったって、この家を見つけられっこないわ！　ああ、夜になって、フクロウが鳴いたら……」

ホムサが、なぐさめました。

「八月にならないと、フクロウは鳴きませんよ」

「同じことよ。いつでも、なにかおそろしいものが鳴いているもの」

ムーミンママは涙《なみだ》をこぼしました。

ムーミンパパは、食べもの部屋の屋根に開いている穴《あな》を、かなしそうに見つめました。

「なにもかも、わたしのせいだ」

「そんなこと、いわないで！　あなたのステッキは古かったんですもの、中がくさっていたんだわ。そんなこと、だれにもわかりませんけどね。あの子たちは、きっと家を見つけますよ。かならず、ここへもどってくるわ！」

ムーミンママのことばに、ちびのミイがつけくわえました。

「あの子たちが、食べられちゃわなければね。もう、アリにさされて、オレンジより大きくなっちまってるわよ」

「あっちで遊んでなさい！　じゃないと、デザートなしにするわよ！」

と、ミムラねえさんが怒《おこ》りました。

ミーサは、喪服《もふく》のような黒い服を着て、すみっこに入りこみ、ひとりでしくしくやっています。

「ほんとに、あの子たちのことが、そんなにかなしいの？」

ホムサがやさしくいたわりながらたずねると、ミーサは返事をしました。

「いいえ、ちょっとだけよ。だけど、こんなに泣いてもいい理由があるときには、泣けるだけ泣いておくの」

「ふうん、なるほど」

ホムサはそういってはみたものの、わけがわかりませんでした。そこで、どうしてこんな事件《じけん》が起こったのか、考えてみようとしました。食べもの部屋の屋根に開いている穴《あな》や居間《いま》のゆかを、すみからすみまで調べました。でも、ホムサが見つけたものといえば、じゅうたんの下にはね上《あ》げ扉《とびら》があることだけでした。その扉のすぐ下には、黒い水がひたひたと流れています。ホムサは、おおいに好奇心《こうきしん》を燃《も》やしました。

「これはたぶん、ごみをすてる穴ですね。それとも、室内プールでしょうか？　まさか、敵《てき》の死体を投げ入れる穴じゃないですよね？」

こう、ホムサはいいましたが、その扉に興味《きょうみ》を持つものは、だれもいません。ただ、ちびのミイだけが、腹《はら》ばいになって水の中をのぞきこんで、こういいはなちました。

「敵《てき》のに決まってるわ。わるものたちのひみつの入り口よ。まあ、すごい！」

一日中、ちびのミイはそのまま、わるものを見張《みは》っていました。でも、ざんねんなことに、わるものはひとりも見えませんでした。


あとになって、だれもホムサをとがめることはなかったのですが、あのできごとが起こったのは、ちょうど夕ごはんのすぐまえでした……。

その日エンマは一日中顔を出さず、夕ごはんのときになってもあらわれなかったのです。

「あの人、病気なのかもしれないわ」

と、ムーミンママがいいました。

「そうじゃないわよ！　お砂糖《さとう》をうんと取っていったか

ら、今はそれを食べて生きてるんだわ」

ミムラねえさんが答えると、ムーミンママは力なくいうのでした。

「わるいけど、あの人が病気じゃないか、見てきてくれない？」

ミムラねえさんは、すみっこのエンマの寝《ね》どこへ行って、聞いてみました。

「ムーミンママが、心配してますよ――おばさんが、くすねていったお砂糖のせいで、おなかをいたくしてやしないかって」

エンマは口ひげをぜんぶ、ぴんと立てました。

ところが、なんとも答えられずにいたとき、とつぜん家全体がものすごい衝撃《しょうげき》を受けて、ゆかがかたむいたのです。

夕ごはんの食器がなだれ落ちました。その中をくぐって、ホムサがかけつけました。天井《てんじょう》の絵が一度にぜんぶ落ちてきて、居間《いま》がうまってしまいました。

「浅瀬《あさせ》に乗り上げたんだ！」

ムーミンパパがベルベットのカーテンのかげから、半分のどがつまったような声で、さけびました。

「ミイ！　どこにいるの！　返事して！」

と、ミムラねえさんは、わめきました。

でもこんどばかりは、ちびのミイが返事をしたくても、できなかったのです。ゆかの扉《とびら》から黒い水の中へ、ボチャンと転げ落ちてしまいましたからね。

そのときだしぬけに、いやな笑い声が聞こえました。げらげら笑っているのは、エンマでした。

「はっはっはっ。わかったかい。劇場《げきじょう》で口笛を吹《ふ》くと、こうなるのさ！」

6章 公園番へのかたきうち

もし、ちびのミイがあと少しでも大きかったら、きっと、おぼれてしまったにちがいありません。ところがちびのミイは、うずまく水の中をまるであわのようにに軽くはね飛ばされて、また水のおもてへ、ぽいっとはき出されたのでした。ちびのミイはコルクのように浮《う》かんで、どんどん流されていきました。

「こりゃ、おもしろいわ。ねえさんたら、さぞびっくりするだろうなあ」

こういってちびのミイは、ひとりでよろこんでいました。すぐ近くには、ケーキ皿と、ムーミンママの裁《さい》縫《ほう》かごも流れています。お皿にはお菓子《かし》が少し残っていましたから、ちょっとまよいましたが、ちびのミイは裁縫《さいほう》かごをえらんで、その中へよじ登りました。

長いことかかって、ちびのミイはかごの中にあるものをみんな調べると、糸の束をみんなずたずたに切りほぐしました。そして、アンゴラ毛糸の中へもぐりこんで、眠《ねむ》ってしまったのです。

裁縫かごはぐんぐん流れていって、家が浅瀬《あさせ》に乗り上げたのと同じ入り江《いえ》に流れこみました。それから、ゆらりゆらりと葦《あし》の葉の間へ吸《す》いこまれて、しまいに沼地《ぬまち》で止まったのです。でも、ちびのミイは、目をさましませんでした。

大きなつり針《ばり》が飛んできて、かごに引っかかったときでさえ、まだ目がさめなかったのです。かごは、ぴくりと動きました。そしてつり糸がぴんと張《は》って、ゆっくり引きよせられていきました。

読者のみなさん、びっくりするかもしれませんが、偶然《ぐうぜん》の一致《いっち》とは、おもしろいものですよ。おたがいなんにも知らないのに、両方のなりゆきが、ムーミン一家とスナフキンをちょうど夏まつりの前夜に、ぴたりと同じ入り江で、ぶつかるようにしてしまったのです。岸に立って、裁縫かごを見つめていたのは、ほかでもありません。あの緑色の古ぼけたぼうしをかぶった、スナフキンだったのです。

Tove

「おや、これは小さいミムラじゃないか」

スナフキンはそういって、パイプを口からはなしました。それから編《あ》みもののかぎ針《ばり》で、ちびのミイをそっとつっついて、やさしく声をかけました。

「こわがらなくて、いいよ」

「あたい、アリだってこわくないわ！」

ちびのミイは起き上がりました。

ふたりは、顔を見合わせました。

まえにふたりが会ったときは、ちびのミイはうんと小さくて、目に見えないくらいでした。だから今、おたがいにわからなくても無理はありません。

「そうか、まいったな」

といって、スナフキンは耳の後ろをかきました。

「まいったでしょ！」

スナフキンは、ため息をつきました。ここへは、大切な用事で来ていたのです。それに、ムーミン谷へもどるまえに、もう少し、ひとりでいたくもありました。ところが、どこかのうっかりもののミムラが、自分の子どもを裁縫《さいほう》かごに乗せて流してしまったのです。いやはや、こまったことになりました。

「ママは、どこにいるの?」

「食べられちゃったの」

ちびのミイはさらりとうそをつくと、たずねました。

「なにか、食べものを持ってない?」

スナフキンがパイプでさしたほうを見ると、豆をいっぱい入れた小さななべが、キャンプのたき火の上で、ぐつぐつ煮《に》えています。すぐそばには、熱いコーヒーもありました。

「でもきっと、きみはミルクしか飲まないいんだろう?」

スナフキンがこういってたずねると、ちびのミイは、ばかにしたように笑いました。そして、すずしい顔でコーヒーをスプーンに二はい飲んで、そのうえ、豆を四つぶも食べたのでした。

スナフキンは、残り火に水をかけながら聞きました。

「もう、いいかね?」

「あたい、また眠《ねむ》くなっちゃったわ。ポケットの中が、いつもいちばんよく眠れるの」

「そうかい。大切なのは、自分のしたいことがなにかを、わかってるってことだよ」

スナフキンはそういって、ちびのミイをポケットの中へ入れてやりました。

中へ入るときに、ちびのミイはアンゴラ毛糸をおともに持っていきました。

こうしてスナフキンは、浜辺《はまべ》の草地をこえて、歩きだしました。

あの大洪水《だいこうずい》も、湾《わん》の入り口では、力が弱っていました。ここでは夏が、いつもと変わることなく輝《かがや》いていたのです。

火山の爆発《ばくはつ》を知らせるものといえば、灰《はい》でできた雲と、くすんだ赤色の夕空だけでしたが、なんだかおかしいぞ、とスナフキンはしきりにふしぎがりました。とはいえムーミン谷の友だちの身の上に起きたことなんて、なにも知りませんでしたから、みんなはてっきり自分の家のベランダで、夏まつりをのどかにお祝いしているものだと思っていました。

(ムーミントロールが、ぼくを待っているだろうな)

と、時おり考えることもありました。

でもスナフキンは、ムーミン谷へ帰るまえに、公園番との大切な用事をかたづけなくてはならなかったのです。しかも、それは夏至《げし》の前夜にしかできないことでした。明日になれば、それもぜんぶかたづくことでしょう。

スナフキンはハーモニカを取り出して、

すべてちっちゃな生きものは
しっぽにリボンをむすんでる

という、ムーミントロールの大好きなメロディーを吹《ふ》きはじめました。

ちびのミイがすぐに目をさまして、ポケットから顔を出すと、

「それだったら、あたい知ってるわ！」

とさけんで、か細くてかん高い声で、歌いだしました。

すべてちっちゃな生きものは
しっぽにリボンをむすんでる
リボンをね　そう　しっぽにね
ヘムルはみんなかざってる
冠《かんむり》と　そう　花輪をね
月が沈《しず》めば　ホムサがおどる
ミーサも歌おう　泣かないで！
ムムリクの家のまわりには
赤いチューリップがゆーらゆら
朝の光に　ゆーらゆら

ゆっくり消えるよ　輝《かがや》く夜が
ひとりでミムラはぼうしを探《さが》す！

「きみ、それをどこで聞いたんだい？　だいたい、その通りだけどさ。おどろいた子だなあ」

スナフキンは、びっくりしていいました。

「そりゃそうよ。それに、あたいにはひみつがあるんだわ」

ちびのミイが答えました。

「ひみつ？」

「そう、ひみつよ。嵐《あらし》ではない嵐と、ぐるぐる回る居間《いま》のことよ。だけど、教えてあげない！」

「ぼくにも、ひみつがあるのさ。このリュックサックに入ってるんだ。もうちょっとしたら、見せてやるよ。あるわるものとの決着をつけてやるんだ！」

「そのわるもの、大きい？　それとも、小さい？」

ちびのミイは、たずねました。

「小さいよ」

「そりゃ、いいわ。小さいわるものは、すぐつぶれるから、ずっといいわね」

ちびのミイはいい気持ちで、アンゴラ毛糸の中へまたもぐりこみ、スナフキンは、長いフェンスにそってそろそろと歩きました。そこここに立てふだがあって、こう書いてありました。

公園内に立ち入ること
かたく禁止《きんし》

公園番とそのおくさんが、公園の中に住んでいるのは、いうまでもありません。このふたりは、木をどれもこれもまるや四角に切ってしまうし、道をぜんぶ学校の先生が持っている棒《ぼう》みたいに、まっすぐにしてしまいました。少しでも頭のつき出た草の葉は、すぐさまかりとられて、もう一度初めからのびなおさねばなりませんでした。

芝生《しばふ》のまわりには高いフェンスがあって、どこもかしこも大きな字で黒々と、なにかが禁止だと書かれていました。

こんなひどい公園にも、毎日、二十四人のおとなしい子どもたちが来ます。その子たちは、なにかわけがあって置きざりにされたり、迷子《まいご》になったりしたのでした。みんな毛むくじゃらの森の子どもたちでしたから、その公園も砂場遊《すなばあそ》びも好きではありませんでした。木登りや逆立《さかだ》ちや、芝生《しばふ》の上を走り回ったりしたいのです。

でも、公園番もおくさんも、そんなことはわかってくれません。そして、砂場の両はじにそれぞれすわりこんで、見張《みは》りをしていました。

子どもたちに、なにができたでしょう？　こんな公園番たちは、砂の中にうずめてしまいたいくらいです。だけど、みんな小さくて、そんなことができるわけなかったのです。

この公園へ、いよいよスナフキンがちびのミイをポケットに入れて、やってきました。スナフキンはフェンスのまわりをこっそりうろついて、昔からのにくいかたき、公園番のようすをうかがいました。

「あの人を、どうするつもり？　首をつるしてやるの？　ぐつぐつ煮《に》ちゃうの？　どこかへ閉《と》じこめるの？」

と、ちびのミイが聞きました。

「おどかしてやるのさ！」

スナフキンはそういって、パイプをぎゅっとかみしめました。

「ぼくの大きらいなやつが、ひとりだけいるんだ。それが、あの公園番さ。『べからず、べからず』と書いてある立てふだなんか、ぜんぶ引きぬいてやるぞ！」

スナフキンは、リュックサックの中をごそごそやって、大きなふくろを一つ、引っぱり出しました。それには、つやつやした白い小さなたねが、いっぱい入っていました。

「それ、なんなの？」

「ニョロニョロのたねさ」

ちびのミイはびっくりして、聞きました。

「へーっ！　ニョロニョロは、たねから生まれるの？」

「そうとも。でもかんじんなのは、夏至《げし》の前夜にまかねばだめだってことなんだ」

スナフキンはこういうと、ゆっくり身をかがめて、フェンスの間の芝生《しばふ》へたねを投げこみはじめました。そうやって、公園のまわりをすっかり回って、ここと思うところへ、ニョロニョロのたねをまいたのです——大きくなってから手がからみあわないように、ちゃんと間をあけてね。

ふくろがからになると、腰《こし》を下ろして休みながら待ちました。

太陽は沈《しず》みかけていましたが、あいかわらずあたたかかったので、まもなくニョロニョロが芽を出しはじめました。

かりこまれている芝生《しばふ》のあちこちに、白いキノコのような、まるい小さなものが頭をもたげてきました。

「見て！　もうじき、ニョロニョロの目玉も地面から出てくるよ！」

スナフキンのいう通りでした。やがて白い頭の下に、まんまるい目が二つ、見えてきたのです。

「ニョロニョロたちは生まれたてのとき、とくべつに電気を持ってるんだよ。ほら、こんどは手が出てきたぜ！」

スナフキンが説明するそばから、ニョロニョロはゴソゴソ音を立てながら大きくなりました。公園番は、ちっとも気がつきません。じっと子どもたちばかり見張《みは》りつづけていましたから。まわりの芝生には、何百というニョロニョロがつき出て、もはや地面の中には足が残っているだけでした。硫黄《いおう》とゴムの焼けるにおいが公園中にただよい、おくさんが、くんくんと鼻をうごめかしていいました。

「なんのにおいだろう。子どもたち、こんなにくさいのは、どの子？」

今は、かすかな電気のショックが地面を走っています。

公園番も落ちつきなく、足を動かしだしました。公園番の制服《せいふく》の金ボタンが、火花をちらしはじめました。

とつぜん、おくさんは悲鳴をあげてベンチの上へ飛びあがると、ふるえる指で芝生《しばふ》をさしました。

ニョロニョロは、もうふつうの大きさになっていて、四方八方から公園番のほうへおしよせてきます。電気をおびた金ボタンに、吸《す》いよせられてくるのです。一面に、小さな稲光《いなびかり》がいくつも飛び、金ボタンはパチパチとスパークしました。ふいに、公園番の耳が光りはじめました。髪《かみ》の毛《け》が火花をちらし、それが鼻へ広がったと思うと――公園番の体全体が、ぱっと光りだしたのです！

公園番は太陽のように輝《かがや》きながら、出口のほうへすっとんでいきました。おしよせるニョロニョロの群《む》れに追いかけられながらね。

おくさんのほうは、さっきから、公園のフェンスを乗りこえようとしていました。子どもたちだけが、びっくりぎょうてんして、砂場《すなば》の中にすわったままでいました。

「スカッとしたわ！」

ちびのミイが、感心していいました。

「そうだろ！」

スナフキンは、ぼうしをかぶりなおして答えました。

TOVE

「さあ、これから立てふだを、ぜんぶむしりとってやろう。もう、草だって好きなだけのびていいんだぞ！」

スナフキンは、自分のしたいことをぜんぶ禁止《きんし》している立てふだを、残らず引きぬいてしまいたいと、これまでずっと思いつづけてきました。ですから、

（さあ、今こそ！）

と考えただけでも、身ぶるいがするのでした。

まず、『たばこを吸《す》うべからず』のふだから始めました。

つぎには、『草の上にすわるべからず』をやっつけました。

それから、『笑うべからず、口笛を吹《ふ》くべからず』に飛びかかり、

つづいて、『両足で飛びはねるべからず』を、ずたずたにふみつけました。

小さい森の子どもたちは、ただただあっけにとられたまま、スナフキンを見つめていました。

それでも、これはもしかして自分たちを助けに来てくれたんじゃないか、と思いはじめたのです。子どもたちは砂場《すなば》から出て、スナフキンを取りまきました。

「さあ、みんな。おうちにお帰り！　好きな場所へ行っていいんだよ！」

と、スナフキンがいいました。

ところが、だれも行きません。みんな、スナフキンの後ろにどこまでもついてくるのです。最後の立てふだも引きぬいてしまい、旅をつづけるためにスナフキンがリュックサックをかつぎ上げても、どの子もやっぱりついてくるのでした。

「さあさあ、みんな、ママのところへお帰り！」

スナフキンがいうと、ちびのミイがつぶやきました。

「きっとこの子たちは、ママがいないのよ」

スナフキンは、こわくなってしまいました。

「なにしろぼくは、子どもなんて、ぜんぜんなれてないからなあ！　この子たちのことが好きかどうかも、ぼくにはわかんないよ！」

「でも、この子たちのほうは、あんたが好きなのよ」

ちびのミイは、にやにやしています。

スナフキンは、あこがれのまなざしでだまったまま足元にまとわりついてくる子どもたちの一団《いちだん》を、じっと見つめました。

「どうも、こいつら、まだなにか安心してないみたいだな。まあいいや。じゃ、いっしょにおいで。だけど、こまったことになっても、ぼくは知らないぜ」

スナフキンはこういうと、二十四人のまじめくさった子どもたちをつれて、野原を歩いて

いきました。心の中で、

（この子たちが、おなかをすかしたり、足をぬらしたり、腹《はら》いたを起こしたりしたら、どうしたものだろうな）

と思いなやみながら。

7章

おそろしい夏まつり前夜

夏至《げし》の前夜、十時半のことでした。ちょうどスナフキンが、二十四人の小さな子どもたちのために、もみの木の小枝《こえだ》と葉で小屋を作ったころ、ムーミントロールとスノークのおじょうさんは、同じ森のほかの場所で耳をすましていたのでした。

霧《きり》の中で鳴った小さな鈴《すず》の音は、もう聞こえませんでした。森は眠《ねむ》っていました。あの小さな家は、あかりのない黒い窓《まど》ガラスをこちらに向けて、かなしそうに、ふたりを見ています。

だけど、その家の中にはフィリフヨンカがひとりすわって、時計がコチコチと時をきざむのを聞いていました。ときどき窓辺《まどべ》に近づいては、明るい夜をのぞいています。すると、フィリフヨンカのぼうしについている小さな鈴《すず》が、チリンチリンと鳴ります。いつもならその鈴が鳴ると、うきうきするのですが、今晩《こんばん》ばかりはその音色を聞くと、よけいにかなしくなってしまうのでした。

フィリフヨンカはため息をついて、ぶらぶらと歩き回ったりすわったり、また立ち上がったりしました。テーブルの上には、何枚《なんまい》かのお皿と、グラスが三つと、花束があります。キッチン・ストーブにパンケーキが一つのっていましたが、待ちくたびれてまっ黒になってしまっていました。

フィリフヨンカは、時計を見ました。それからドアの花かざり、鏡にうつった自分のすがたへと目をうつし、腕《うで》をテーブルにあずけて泣きました。ぼうしが鼻の上へずり落ちて、また鈴が鳴りました。チリンと一回だけ、かなしそうに鳴っただけでしたけれど。涙《なみだ》がからっぽのお皿の中へ、ゆっくりと流れ落ちました。

フィリフヨンカであるということは、人が思うほど、楽なことじゃないんですよね。

ちょうどそのとき、ドアをノックする音が聞こえたのです。フィリフヨンカははっと飛びあがって、いそいではなをかむと、ドアを開けました。

「あら……」

フィリフヨンカは、がっかりしました。

「夏まつり、おめでとう！」

と、スノークのおじょうさんがいったので、フィリフヨンカはどぎまぎしてしまいました。

「どうも、ごしんせつさま。夏まつり、おめでとう」

「ちょっと、お聞きしたいんですが。最近このへんで、なにか家——ほんとは劇場《げきじょう》なんですけど——を見ませんでした？」

ムーミントロールがたずねました。

「劇場？」

と、フィリフヨンカはけげんな顔で、くりかえします。

「いいえ、そんなもの——ぜんぜん」

ちょっと、話がとぎれました。

「そうですか。じゃ、しつれいしました」

ムーミントロールが行こうとすると、スノークのおじょうさんが、食事のしたくのしてあるテーブルとドアの花かざりに目をとめて、にこやかにいいました。

「どうか、たのしいパーティーを」

そのとたん、フィリフヨンカの顔がくしゃくしゃにゆがんで、もう一度、泣きだしたのです。

「パーティーなんか、たぶんないのよ！　パンケーキはこちこちにかわいてしまうし、花はしおれて、時間はどんどんたっていくけど、だれも来ないの。あの人たち、今年も来ないわ！　親類なんてどうでもいいと思ってるのよ！」

フィリフヨンカは、涙声《なみだごえ》でいうのでした。

ムーミントロールは同情《どうじょう》して、たずねました。

「いったい、だれが来ないんですか」

「母方のおじさん夫婦《ふうふ》よ！」

と、フィリフヨンカはさけびました。

「夏まつりには毎年、ふたりに招待状《しょうたいじょう》を出しているのに、ぜんぜん来ないの」

「だったら、だれかほかの人を呼《よ》んだらいいじゃないですか」

ムーミントロールがいうと、フィリフヨンカはうちあけました。

「ほかには、だれも親類がいないのよ。それにお祝いの日の晩餐《ばんさん》には、親類をまねくのが義務《ぎむ》ですからね」

「じゃあ、ちっともたのしく感じてらっしゃらないのでは？」

と、スノークのおじょうさんがたずねました。

「もちろん、少しもね。わたしのおじもおばも、まるでたのしくない人たちですもの」

フィリフヨンカはぐったりした声でいって、テーブルの前に腰《こし》を下ろしました。

ムーミントロールとスノークのおじょうさんは、そばにすわりました。

おじょうさんが、口を開きました。

「きっと、おじさんやおばさんのほうでも、たのしくないと思っているんじゃないかしら。だったら、かわりに、ゆかいなわたしたちを、招待《しょうたい》してくださいませんか？」

「なんですって！」

フィリフヨンカは、おどろいてさけびました。

でも、フィリフヨンカが思案しているのが、よくわかりました。それから急にぼうしの先がゆっくり上がって、鈴《すず》が明るい音色を立てました。

「ということは」

と、フィリフヨンカはゆっくりゆっくりいいました。

「おたがいにたのしくないと思っているんだったら、あの人たちを呼《よ》ぶ必要は、まったくないわけね」

「ええ、ないにきまってるわ！」

スノークのおじょうさんが答えました。

「これからもずっと、わたしが自分の好きな人とお祝いをしても、だれの気持ちもきずつけないかしら。お祝いするのは、親類とじゃなくてもいいのかしら？」

「だいじょうぶ。ネコ一ぴきだって、きずつけやしませんよ」

ムーミントロールが、きっぱりといいました。

するとフィリフヨンカは、ほっとして顔を輝《かがや》かせました。

「そんなに、かんたんなことだったの？　まあ、すばらしい！　さあこれから、わたしにとって初めての、たのしいたのしい夏まつりを祝いましょう。さあ、始めましょ！　ね、どうか、わたしをわくわくさせて！」

そして夏至《げし》のお祝いは、フィリフヨンカがのぞんだよりも、ずっとずっとたのしいものになったのです。


「パパとママのために、乾杯《かんぱい》！」

ムーミントロールはそういって、自分のグラスを飲《の》み干《ほ》しました。

（そして、ちょうど同じ時間にムーミンパパも、水に浮《う》かんだあの劇場《げきじょう》で、むすこのムーミントロールのために夜空に向かって乾杯のグラスをあげていました。「ムーミントロールの

帰宅《きたく》を祈《いの》って!」と、パパはおごそかにいったのです。それから、「スノークのおじょうさんと、ちびのミイのために」って)

三人ともおなかがいっぱいになり、いい気分になりました。

「さあ、夏まつりのたき火をしましょうよ」

フィリフヨンカはそういってランプを吹《ふ》き消《け》すと、マッチをポケットへつっこみました。

外はまだ明るくて、地面の草の葉も一枚《まい》一枚《まい》見わけられるほどでした。もみの木のてっぺんのむこうに、太陽は少しだけ休みに行ってしまいましたが、つぎの日にそなえて、赤いひとすじだけは残していました。

三人は静まりかえった森をぬけて、浜辺の草地に出ました。一面に、月見草が咲《さ》いています。

「今晩《こんばん》は、お花のかおりが少し変だわ」

と、フィリフヨンカがいいました。

焼けたゴムのにおいが、かすかに草むらへ流れてきました。草が、電気でパチパチ音を立てました。

ムーミントロールが、びっくりしていいました。

「なんだか、ニョロニョロみたいなにおいがするぞ。いつも今ごろは、あいつら、海の上にいるはずなんだけど」

そのとたん、スノークのおじょうさんが、なにかにつまずいたのです。見ると、『両足で飛びはねるべからず』と書いた立てふだでした。

「これ、ばかげてるわね！　見てよ。もういらなくなった立てふだが、いっぱいあるわ」

「まあ、すてき！　『すべてのことはゆるされる』、ってわけね！」

と、フィリフヨンカが、大声をあげました。

「なんていい夜でしょう！　この立てふだをみんな燃《も》やして、夏まつりのかがり火をたきましょう。それで燃えつきるまで、おどりましょうよ！」

夏まつりのかがり火が、燃え上がりました。ごうごうとうなりながら、火は立てふだにおそいかかりました。『歌うべからず』とか、『花をつむべからず』とか、『草の上にすわるべからず』と書かれた、立てふだの山に……。

黒々とした大きな文字がパチパチと気持ちよくはじけ、火花が一団《いちだん》となって、うす明るい夜空に高く飛びちりました。太いけむりが、草むらの上に長く尾《お》を引いたところは、空に浮《う》かんだ白いじゅうたんのようでした。フィリフヨンカは歌いました。細い足で、たき火のぐるりをおどり回り、小枝《こえだ》で、火をかき立てて回りながら。

おじさんなんか、もういらない！

おばさんなんか、もういらない！

ビビデバビデブー！


ムーミントロールとスノークのおじょうさんは、肩《かた》をならべて腰《こし》を下ろし、満ちたりた思いで、火を見つめました。

「今ごろ、うちのママは、なにをしてるかな？」

と、ムーミントロールが聞きました。

「もちろん、お祝いしてるわよ」

スノークのおじょうさんが答えます。

たくさんの立てふだから上がる火が、花火のように夜空をかざると、フィリフヨンカはさけびました。

「ばんざあい！」

ムーミントロールがスノークのおじょうさんにいいました。

「ぼく、もう眠《ねむ》くなっちゃった。つむ花の数は、九つだったっけ？」

「そう、九つよ。そしてね、もうひとこともしゃべらないって、約束しなきゃいけないのよ」

ムーミントロールは、かしこまってうなずきました。それから、

「おやすみ。また、明日ね」

というのを、身ぶり手ぶりでやって、露《つゆ》にぬれた草の中へ入っていきました。

フィリフヨンカがけむりの中から、すすだらけになって、うれしそうにぴょんぴょん飛びはねながら出てきました。

「わたしも、花をつみたいわ。うらないなら、わたし、どんなのでもやってみたいわ！　もっとあるかしら？」

「わたし、それこそこわくなるような、夏至《げし》のうらないを一つ知ってるわ」

と、スノークのおじょうさんが、声をひそめました。

「だけどそれって、口でいえないくらいこわいのよ」

「今夜はわたし、なんだってやってみせるわ！」

フィリフヨンカはそういって、勢《いきお》いよく鈴《すず》を響《ひび》かせました。

スノークのおじょうさんはそっとあたりをうかがってから、フィリフヨンカのぴんとのびた耳に口をよせて、こうささやいたのです。

「まずおまじないをつぶやいて、足ぶみしながら、ぐるぐる七回まわるの。つぎに、後ろ向きに井戸《いど》のところまで歩いていってから、向きなおって中をのぞくのよ。そしたら、結婚《けっこん》す

る相手の人が、水の中に見えるんですって！」

「それで、その人をどういうふうにして引っぱり上げるの？」

　フィリフヨンカが、勢《いきお》いこんでたずねました。

「あらやだっ、もちろん顔が見えるだけだわ。男の人のまぼろしよ！」

　と、スノークのおじょうさんが答えました。

「だけどまず、花を九種類つみましょうよ。一、二、三。さあ、もう、ひとことでもしゃべったら、あなたはぜったいに結婚《けっこん》できなくなるのよ！」

だんだん火が小さくなって、朝風が草むらをわたりはじめるころ、スノークのおじょうさんとフィリフヨンカは、それぞれひみつにみちた花束をつみ集めていました。ふたりはときどき顔を見合わせて、にっこりしました。笑うことは、禁止《きんし》されていませんものね。

それから、井戸《いど》を見つけました。

フィリフヨンカは、耳をぴくぴくさせました。スノークのおじょうさんも、青ざめてうなずきました。

ふたりは、すぐにおまじないをつぶやきだして、足ぶみしながらぐるぐる回りはじめました。七回めは、だいぶ時間をかけて回りました。今はふたりとも、ほんとにこわくなっていたからでした。

けれど夏至《げし》のうらないは、ひとたび始めたら、最後までつづけねばならないのです。さもないと、なにが起こるかわかったものではありませんものね。

胸《むね》をどきどきさせながら、後ろ向きに井戸《いど》のところまで歩いていって、足を止めました。

スノークのおじょうさんは、フィリフヨンカの手をかたくにぎりしめました。

東の空では太陽のすじが広がって、夏まつりのかがり火から立ち上るけむりが、ばら色にそまっています。

ふたりは、さっと向きなおって、水の中をのぞきこみました。

そこには自分自身のすがたが、うつっていました。井戸のふちと、明るくなっていく空も見えました。

そしてふるえながら待ちました。長い間、待ちました。

すると、だしぬけに——もう、話すだけでもおそろしいことです——まったくだしぬけに、ふたりは見たのです。水の中にうつっている自分たちの後ろから、大きな頭がぬうっとあらわれるのを。

それは、ヘムルの頭でした。

警官《けいかん》のぼうしをかぶって、かんかんに怒《おこ》っている、とてもいじわるなヘムル！

ちょうどムーミントロールが、九つめの花を引きぬいたとき、おそろしいさけび声が聞こえたのでした。飛んでいってみると、大きなヘムルが片手《かたて》でスノークのおじょうさんを、もう一方の手でフィリフヨンカを、引っつかんでゆすぶっているところでした。

「さあ、おまえたち三人とも、ろうやへ行くんだ！」

ヘムルがどなりました。

「けしからん放火犯《ほうかはん》ども！　よくも立てふだをぜんぶ引きぬいて、燃《も》やしおったな！　ちがいますといえるものなら、いってみろ！」

けれども、「ちがいます」もなにもいえませんでした。みんなは、ひとことも口をきかないと約束していましたものね。

8章
劇《げき》の作り方

もし、ムーミンママが夏まつりの日に目をさましたとき、ムーミントロールがろうやに入れられていると知ったなら。そしてもし、ちびのミイがスナフキンのもみの木小屋で、アンゴラ毛糸にくるまって眠《ねむ》っていると、だれかがミムラねえさんに話してあげられたのなら、いったいどうなっていたでしょうか！

今はみんな、なにも知りませんでした。でも、だれもが信じていたのです。あの子たちは、今までもっとふしぎな事件《じけん》に巻《ま》きこまれたって、すべていつもうまいぐあいに乗り切ったではありませんか。

「ミイは、ひとりでやっていける子よ。あたし、あの子に出会った人のほうが心配だわ」

こう、ミムラねえさんはいいました。

ムーミンママが外を見ると、雨がふっています。

(あの子たちが、かぜをひきませんように)

ママはベッドの上で、そっと体を起こしました。

気をつけて動かないといけませんでした。浅瀬《あさせ》に乗り上げたあの日からというもの、ゆかがすごくかたむいてしまったのです。

そこで、ムーミンパパは家具をかたっぱしから、くぎで打ちつけなくてはなりませんでした。

いちばんこまるのは、食事のときです。だって、お皿がずるずるすべり落ちてしまうからです。そうかといって、お皿をくぎで打ちつけたら、まあ、たいていは割《わ》れてしまうでしょうよ。

だれもが、山登りをしているような気分でした。いつでも、片足《かたあし》をちょっと高く、片足をちょっと低

くして歩くわけですから、みんな、そういう歩き方になってしまうのではないかと、ムーミンパパは心配しました。でも、ホムサはそう思いませんでした。みんながしばらく、反対側へ歩けば、そんなことにはならない、というのです。

エンマは今までと同じやり方で、そうじをしました。ごみを前へおしやりながら、よたよたと、ゆかを上っていくのですが、エンマがとちゅうまでたどりつくころに、集めたごみはまたすべり落ちてしまいます。だから、はじめからやりなおさなければならない始末でした。

「もっとちがう向きでなさったほうが、いいんじゃありませんか？」

と、ムーミンママが、見かねていいました。

「ここじゃ、わしのそうじのしかたについて、とやかくいわんでほしいね。舞台監督《ぶたいかんとく》のフィリフヨンクさんと結婚《けっこん》してから、わしはずっとこの方向へ舞台をそうじしてきたんでね。死ぬまで、わしゃ、こうしてそうじするつもりよ」

エンマは、そう答えました。

「それで、エンマさんのご主人は、どこにいらっしゃいますの？」

「あの人は、なくなったのさ」

と、エンマが、いかめしい顔でいいました。

「鉄のどんちょうが、頭にぶつかってな。両方とも、ぶっこわれたぞ」

「まあ、なんてお気のどくな！」

ムーミンママが、声をあげました。

エンマは、ポケットの中をごそごそやって、黄色くなった一枚《まい》の写真を出しました。

「フィリフヨンクさんは、若《わか》い時分、こんなじゃった」

ムーミンママは、その写真をながめました。舞台監督《ぶたいかんとく》のフィリフヨンクさんは、シュロの絵の前にすわっていました。心配そうな顔をして、頭に小さなぼうしをのっけた女の人が、その横に立っていました。

「まあ、立派《りっぱ》な方だこと！　後ろの絵は、わたしも知ってますわ」

ムーミンママがこういうと、エンマはつめたく返事しました。

「クレオパトラの背景《はいけい》じゃないか」

「この若《わか》い女の人が、クレオパトラという名まえですの？」

エンマは、やれやれと頭をふりました。すっかり閉口《へいこう》したようです。

「クレオパトラとは、芝居《しばい》の名まえだ。この若い女は、フィリフヨンクさんのめいでな。フィリフヨンカという名まえだが、気取りやで、じつに気にくわん女さ！　毎年、夏至《げし》に招《しょう》待状《たいじょう》をよこすが、わしゃ用心して、返事せんようにしとる。あいつは、劇場《げきじょう》へ入りたいだけだからな」

「それなのに、入れてあげないんですか？」

と、ムーミンママは、とがめるようにいいました。

エンマは、ほうきをわきへ置いて、こう答えたのでした。

「もう、かんべんしておくれ。おまえさんたちは、劇場のことをなんにも知らん。小指ほどもな。なんにも知らんより、もっとひどい。これ以上は、おことわりじゃ」

「でもエンマさん、わたしに劇場のことを、少し教えてくださいません？」

ムーミンママは、おずおずとたのみました。

エンマはどうしようかとまよいましたが、親切にすることにしました。そこで、ムーミンママとならんで、ベッドの上にすわり、説明を始めました。

「劇場《げきじょう》というもんは、おまえさんがたの居間《いま》じゃないし、船つき場でもないのさ。劇場は、世界でいちばん大事なものなんだ。そこへ行けばだれでも、自分にどんな生き方ができるか、見ることができる。じっさい、変わる勇気がなくても、なってみたい自分になれるし、そうなったらどんなことが起こるのかも、味わえるのさ」

「わるいことをした人の更生施設《こうせいしせつ》ですね」

ムーミンママは、びっくりして大声をあげました。

エンマはしんぼう強く、首をふりました。それから紙きれを一枚《まい》取ると、ムーミンママのために、ふるえる手で劇場の絵をかいたのでした。どこになにがあるかをすっかり説明して、ママがわすれてしまわないように、文字を書き入れました（その説明図を、この本にのせておきます）。

エンマが図をかいて説明しているところへ、みんなもやってきて、聞いていました。

「クレオパトラの芝居《しばい》をやったときは、こうだった。お客でいっぱいだったが、みんな、しいんと静まりかえっておった。なにせ、初日だったからな。初日興行《こうぎょう》ちゅうのは、その芝居をやる、いちばん初めの日のことさ。わしゃいつもの通り、夕暮《ゆうぐ》れ時《どき》に、フットライト（舞《ぶ》

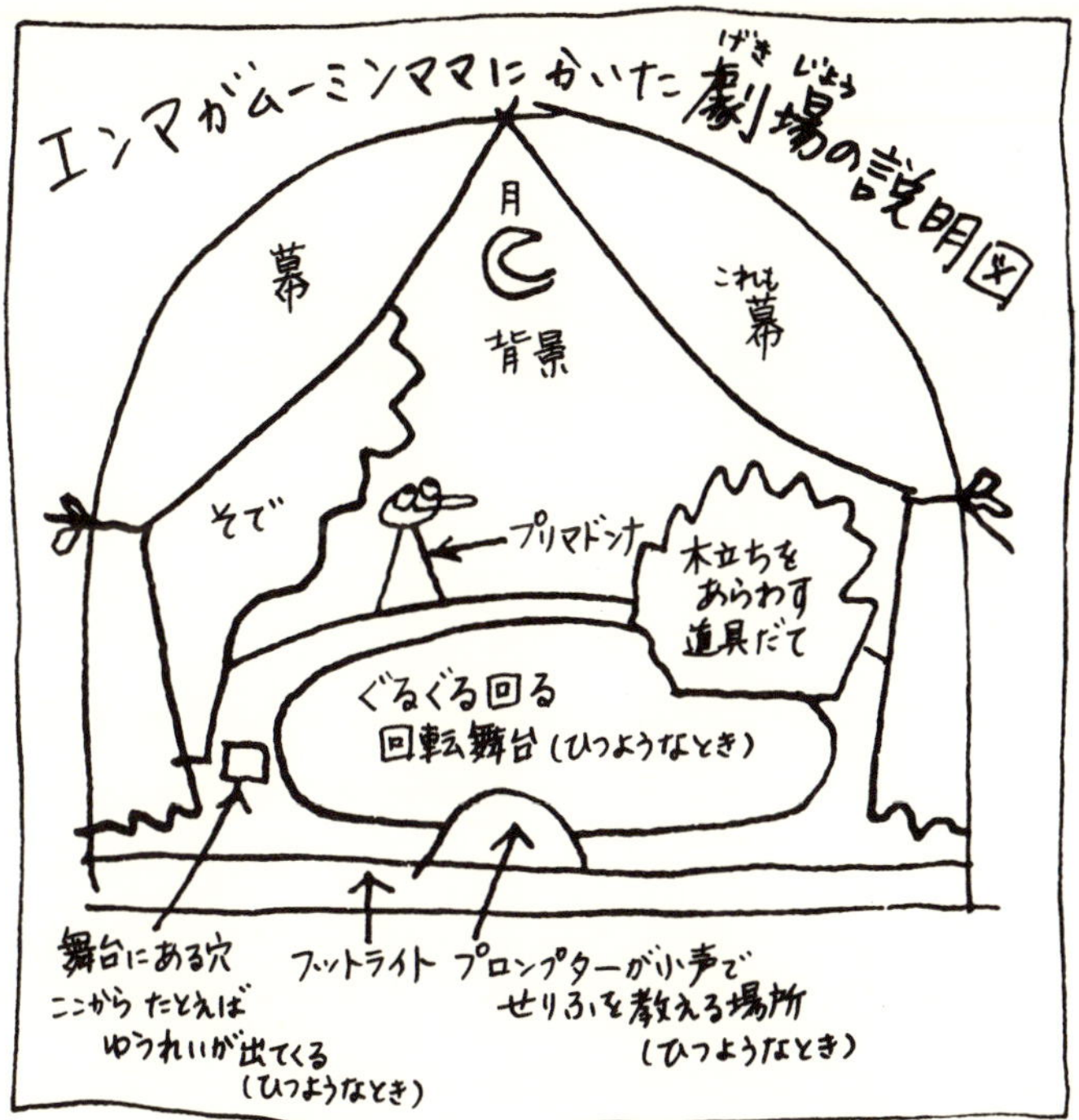

台《たい》の下から照らす照明）をつけた。そいで、幕《まく》が上がるまえに、舞台のゆかを三回たたいたのじゃ。こんなぐあいに！」

「どうして？」

と、ミムラねえさんが聞きました。

「効果《こうか》のためさ」

そういって、エンマは小さな目玉をきらきら輝《かがや》かせました。

「運命の響《ひび》きさ、おわかりか。幕が上がる。赤いスポットライトが、クレオパトラを照らし――お客たちは、息をのむ……」

「レクビシータも、そこにいるんですか？」

と、ホムサがたずねました。

「ああ、レクビシータっちゅうのは、小道具部屋だな。芝居《しばい》をするのにいるもんが、いっぱい入っとるんだ。わしらのプリマドンナは、ほんまにきれいな、ものがなしげな人で……」

「プリマドンナって？」

と、ミーサも聞きました。

「うん、いちばん中心になる女の役者じゃ。いつでも、いちばんみりょくてきな役をやる役者で、ほしいものは、なんでも手に入る。なんというか、もう……」

「わたし、プリマドンナになりたいな！　だけど、かわいそうな役がいいわ。わめいたり泣いたりする役が」

ミーサが口をはさみました。

「じゃあ、おまえさん、悲劇《ひげき》をおやり。かなしい芝居をな。そして、最後の場面で死ぬのさ」

と、エンマがいいました。

「それだわ！」

ミーサはほおを輝《かがや》かせて、さけびました。

「じっさいとは、まるでべつの人間になれるなんて、なんてすばらしいんでしょ。そしたら、『あそこをミーサが行くよ』なんて、もうだれもいわないで、みんな、こういうのよ。『あの赤いベルベットを着た、ものがなしげな女の人……大女優《だいじょゆう》だわね……あの人きっと、ずいぶん苦労したんでしょうね』って」

「じゃ、きみ、ぼくたちのために芝居《しばい》をやってくれませんか」

と、ホムサがたのみました。

「わたしが、お芝居を？　みんなのために？」

ミーサは小さな声でいって、涙《なみだ》ぐみました。

「そうしたら、あたしだってプリマドンナになりたいわ」

と、ミムラねえさんもいいだしました。

「で、おまえさんたち、なんちゅう芝居をやるのかね？」

エンマが、けげんそうに聞きました。

するとムーミンママが、ムーミンパパの顔を見て、いったのです。

「エンマさんに助けていただいたら、きっと、お芝居の脚本《きゃくほん》を書けますよ。あなた、思い出の記を書いていたでしょ？　韻《いん》をふんだせりふは、それほど、むずかしくないんじゃありませんか？」

「いや、わたしは芝居なんて書けんよ」

赤くなったムーミンパパに、ママはつづけていいました。

「書けますとも、あなた。わたしたちみんな、ちゃんとせりふをそらでいえるようにしますわ。わたしたちが劇《げき》をやったら、みんなが見に来るんじゃないかしら。うんとうんと人が来て、どんなにすばらしかったかを、帰ってから知りあいの人たちに話すでしょう。やがてそれがムーミントロールの耳にも入って、あの子がここを見つけるのよ。だれもがここへやってきて、なにもかもがうまくいくわ！」

ムーミンママはそういうと、うれしくなって手をたたきました。

みんなは、とまどいながら顔を見合わせ、つづけてエンマの顔を見ました。

エンマはあきれて、両手を広げました。

「それは、ひどくおそろしいことになるだろうよ。しかしな、どれほど出来がわるくても、ぜひともやりたいとみながいうんなら、教えなくはない。ちょいちょい、ひまのあるときだったらな」

それからエンマは、劇というものはどうやったらいいか、話しつづけたのでした。

その晩《ばん》、ムーミンパパは芝居《しばい》の脚本《きゃくほん》を書き上げて、みんなに読んで聞かせました。だれもなにもいいません。ムーミンパパが読みおわっても、みんな、おしだまったままでした。

とうとう、エンマがいいました。

「いかん、いかん。まるでだめじゃ！」

「そんなに、いけませんか」

ムーミンパパは、がっかりしました。

「ひどいもんだね。まあ、聞きなされ。

『わしは　ライオンなんか　こわくない、わしは。

わしは　ライオンなんか　なげころす、わしは』

あきれてものもいえないよ」

こう、エンマはいいました。しかしムーミンパパは、

「どうしても、ライオンを使いたいんだ」

と、むくれてしまいました。

「ヘクサメーター（詩のリズム形式の一つ）で、お書きよ！　ヘクサメーターで！　ことばじりなんか、そろえないで」

「ヘクサメーター？　いったい、そりゃなんです？」

ムーミンパパがたずねました。

「うん、こんなふうじゃ。タンタラ・タンタラ・ラータラ・タンタン・タンタラタンタン」

と、エンマは口ずさみました。

ムーミンパパが、顔を輝《かがや》かせてたずねました。

「じゃあ、こうですか。こわくは・ないわい・ライオン・なんぞは・お安いごようだ・首はねてくれるわ?」

「まあ、よいじゃろ」

と、エンマがいいました。

「さあ、ぜんぶヘクサメーターで、お書き! それと、昔からのきちんとした悲劇《ひげき》は、出てくるもんが、みんな親類だっちゅうことをわすれずにな」

ムーミンママが、おずおずと聞きました。

「でも、みんな親類なのに、どうしてにくみ合えるんでしょう? あと、これにはお姫《ひめ》さまがひとりも出てきませんよね? ラストも、もっとよくならないかしら? 出てくる人たちが死んでしまうのは、あんまりかなしすぎますわ」

「まあまあ、ママ。これは悲劇なんだよ。だからしまいには、だれかが死ななきゃ。ひとりだけをべつにして、みんな死ぬのがいいんだ。いや、ひとり残らずだろうな。エンマさんも、そういってたよ」

ムーミンパパが答えると、ミーサがいいました。

「いいわ。わたし、ラストで死にますよ」

「そしたら、あたし、ミーサをたたきころす役になれない？」

ミムラねえさんがいうと、ホムサはがっかりしました。

「ぼくは、ムーミンパパが探偵《たんてい》ものを書くと思ってたんですよ。どいつもこいつも、みんなあやしくて、考えるのにいい手がかりが、うんとあるやつです」

ムーミンパパは心をきずつけられて立ち上がり、書いた紙をかき集めました。

「わたしの芝居《しばい》が気に入らんのなら、自分たちで好きに書くがいいさ」

「あなた」

と、ムーミンママが呼《よ》びました。

「わたしたち、あなたの脚本《きゃくほん》をすばらしいと思ってますわ。ね、そうじゃない？」

「思ってるよ」

みんなが答えました。

「ほら、みんな好きなんですよ。ストーリーと書き方を少し変えるだけでいいんだわ。だれもじゃましないように、わたしが気をつけますし。それから、書いているとき、キャンディーをうつわごと置いといていいわよ」

「うん、そうか。しかし、ライオンはぜったいだぞ！」

と、ムーミンパパが返事をしました。

「もちろんですとも。ライオンがいなくちゃね」

そう、ママもいいました。

ムーミンパパは、書いて書いて書きまくりました。だれも、しゃべりもしませんし、動きもしませんでした。一枚《まい》書きおわるごとに、パパは、すぐにそれを読みあげました。ムーミンママは、キャンディーのうつわを、いつもいっぱいにしておきました。みんな緊張《きんちょう》して、待ちかまえていました。

その夜はみんな、なかなか寝《ね》つけませんでした。

エンマは、しなびた体に力がわいてくる思いがしました。そうして、考えることといえば、舞台《ぶたい》げいこのことばかりでした。

9章

かわいそうなパパ

ムーミンパパがあの脚本《きゃくほん》を書いた日、そして、ムーミントロールたちがろうやへ入れられてしまった日のことです。スナフキンはもみの木小屋の中へ落ちてくる雨で、目をさましました。

スナフキンは、二十四人の小さな子どもたちを起こさないようにうんと気をつけて、雨にぬれている森をながめました。

外にはきれいな緑色のシダの中に、白い星みたいなハコベラが、花のじゅうたんのように広がっていました。けれども、スナフキンは、

（あれが、かぶの畑だったらいいのになあ）

と考えて、胸《むね》がしめつけられるのでした。

(父親ともなれば、こんなふうになってしまうんだなあ。今日は、この子たちになにを食べさせたものだろう？　ちびのミイは、豆が少しあればそれでいいけれど、こいつらは、ぼくのリュックサックをからっぽにしちゃうぞ！)

スナフキンは後ろをふり返ると、コケの上で眠《ねむ》っている森の子どもたちの顔を、しみじみとながめました。

「これじゃあ、子どもたちは雨でかぜをひいてしまうな。でもそれどころじゃないぞ。あの子たちをたのしませるものなんて、もうなんにも思いつかないよ。みんな、たばこなんて吸《す》わないし、ぼくの話は、こわがるしなあ。そうかといって一日中、逆立《さかだ》ちしてやってるひまはないし。そんなことをしていたら、夏がおわるまでに、ムーミン谷へ帰れなくなっちゃうじゃないか。ああ、ムーミンママが子どもたちのめんどうを見てくれたら、ほんとに助かるんだけどなあ」

スナフキンは、暗い気持ちでそんなひとりごとをいいました。そして急になつかしさがこみあげてきたのです。

(ムーミントロール！　また、月の光をあびて、いっしょに泳ごうな。そのあとで、どうくつへ入って、おしゃべりをして……)

そのとたんに、ひとりの子がなにかこわい夢《ゆめ》を見て、泣きだしました。ほかの子たちも、みんな目をさまして、同じように泣きさけびました。

「おお、よしよし。あばばのばあ、ぷるぷるぷる！」

と、スナフキンがいいました。

だめです。なんのききめもありません。

「この子たちはあんたのこと、おもしろいと思わないのよ」

ちびのミイが説明しました。

「あたいのねえさんみたいにするのがいいわ。だまらないと、たたきころしちゃうぞ！　っていうのよ。そのあとであやまって、キャンディーをやるの」

「そうすりゃ、ききめがあるのかい？」

「ないわ」

スナフキンは、もみの木小屋を持ち上げて、ねずの木の林の中へ投げこみました。

「用がなくなったら、家はこうするのさ」

森の子どもたちは、すぐに泣きやんで、しとしとふる雨の中で顔をしかめました。

「雨がふってる」

と、ひとりがいいました。

「おなかが、すいたよ」

と、もうひとりがいいました。

スナフキンはこまりきって、ちびのミイの顔を見ています。

「モランのことをいって、おどかしなさいよ！　あたいのねえさんは、そうするわ」

と、ちびのミイが教えました。

「それで、きみは、いい子になるのかい？」

「もちろん、ならないわよ！」

ちびのミイは転げ回って、笑いました。

スナフキンは、ため息をつきました。

「おいで、おいで。ほら、元気出して、早く！　いいもの見せてやるからな」

「なにを見せてくれるの」

森の子どもたちは、たずねました。

「ほら、いいものだよ……」

スナフキンは、あいまいに手をひらひらさせています。

「そんなことやったって、どうにもならないわよ」

ちびのミイがいいました。

みんな、歩きに歩きました。

雨は、しとしとふりつづいています。

森の子どもたちは、くしゃみをしたり、くつをなくしたり、どうしてパンをもらえないのか、とたずねたりしました。中にはけんかして、取っくみあいを始める子どももいます。ひとりがもみの木の葉をいっぱい鼻につめこんだかと思うと、べつの子がはりねずみにさされたりもしました。

スナフキンは今さらながら、公園番のおくさんって大変だったろうなと思ったくらいでした。それでも、ひとりをぼうしの上にすわらせ、ふたりを肩《かた》に乗せ、もうふたりを両手に抱《かか》えて、ブルーベリーのしげみの間を、びしょぬれでうちのめされたようになって、つまずきながら歩いていきました。

みんなもう、かなしくてどうしようもなくなったちょうどそのとき、目の前に、あき地がぽっかりと開けたの

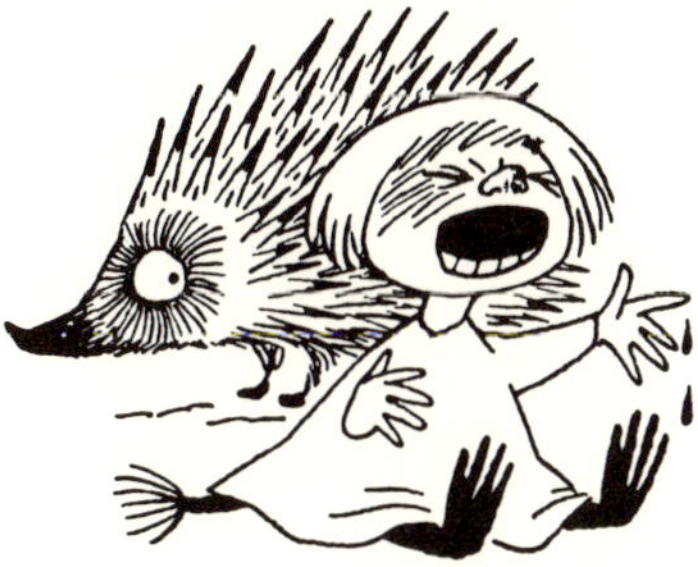

です。あき地のまん中には、小さな家が建っていて、煙突《えんとつ》と門柱のまわりに、色あせた花かざりがつってありました。スナフキンは、よろよろと戸口にたどりつくと、ドアをノックして待ちました。

だれも、開けに来ません。

もう一度、ノックしました。やはり、返事がありません。そこで、ドアをおし開けて、中へ入りました。だれもいませんでした。テーブルの上の花も、色あせているし、時計は止まっていました。

スナフキンは子どもたちを下ろすと、冷えきったキッチン・ストーブへ近づきました。フィリフヨンカのパンケーキが、のっかっていたところです。スナフキンは、食べもの部屋のほうへ歩いていきました。子どもたちは、だまって見ています。

しばらく、しいんとしていました。やがてスナフキンがもどってきて、豆の入った小さなたるをテーブルの上へ置きました。

「さあみんな、おなかいっぱい、豆をおあがり。しばらくここでひとやすみしよう。その間にぼくは、みんなの名まえをおぼえることにしよう。だれかパイプに、火をつけておくれ！」

子どもたちはみんな、きそって火をつけに行きました。

そのうちにキッチン・ストーブのたきぎが燃《も》えてきたので、服やズボンをぜんぶつるし

て、かわかしました。テーブルのまん中にある大皿からは、豆の湯気が立っていて、外ではどんよりくもった空から、雨がびしょびしょふっています。

みんなは、屋根を流れ落ちるしずくの音と、パチパチと燃える火の音を聞いていました。

「やれやれ、おまえたち、どんな気分かい？　あの砂《すな》場《ば》で遊びたい子はいるかい？」

と、スナフキンがいいました。

森の子どもたちは、スナフキンを見て笑いました。それからみんな、フィリフヨンカの赤いんげん豆を食べはじめました。

でもフィリフヨンカは、自分の家にお客が来ているなんて、夢《ゆめ》にも知らなかったのです。公共の場でめいわくなことをしたというので、ろうやへ入れられていましたからね。

10章

劇《げき》のリハーサル

ムーミンパパの芝居《しばい》が、総《そう》しあげの練習の日をむかえました。日が暮《く》れるまでには、まだだいぶ時間があるというのに、ランプというランプが、灯《とも》っています。

あくる日の初日興行《こうぎょう》に無料の入場券《にゅうじょうけん》を出すという約束で、ビーバーたちが劇場をおし上げ、いくらかまっすぐに直してくれました。けれども舞台《ぶたい》はやはり少しかたむいていて、ちょっとやっかいでした。

舞台の前には、ひみつめいた赤い幕《まく》がつり下げられていいます。外には、なにかおもしろそうだと、小船がいくつか群《むら》がっていました。みんな日の出から待っていて、晩《ばん》ごはんまで持ってきていました。総《そう》しあげの練習というものは、いつも時間がかかりますからね。

「ママ、総しあげの練習って、なあに？」

小船の中で、びんぼうなはりねずみの子が聞きました。

「それはね、役者さんが最後の練習をして、ぜんぶちゃんとできるってことを、たしかめるものよ。明日は、本番の劇《げき》をやるから、見るのにお金がいるの。今日は、わたしたちみたいなびんぼうなはりねずみのために、ただなのよ」

はりねずみのお母さんは、こういって説明しました。

けれども、幕《まく》の後ろにいたものたちは、ひとりだって、ちゃんとできるという自信がなかったのです。ムーミンパパは一生懸命《いっしょうけんめい》に、脚本《きゃくほん》を書きなおしていました。

ミーサは、泣いていました。するとミムラねえさんが、いいだしました。

「あたしたちふたりとも、ラストは死にたいって、いったわよね！　どうしてミーサだけが、ライオンに食べられちゃうのよ？　ライオンの花よめたちなのに。おぼえてないの？」

ムーミンパパは、いらいらして声をあげました。

「わかった、わかった。ライオンはおまえさんを食いころして、それからミーサを食べちゃうんだ。しかし、じゃましないでくれよ！　わたしは、ヘクサメーターを考えてるんだから！」

「親類の関係は、どうなるんです？」

　ムーミンママは、そのことが心配そうでした。

「昨日は、家出したあなたのむすこと、ミムラが結婚《けっこん》したんですよ。今じゃ、ミーサなんですか、むすこと結婚するのは？　そしてわたしは、ミーサの母親なの？　ミムラは、結婚しないんですか？」

「あたし、結婚しないでいるのは、いや」

　ミムラねえさんがすぐにいい返すと、ムーミンパパはやけっぱちでどなりました。

「ふたりは、姉妹《しまい》になったらいいんだ！　だからミムラは、おまえのむすこの嫁《よめ》だ。わたしにとってもな。つまり、おまえのおばってわけだ」

「そうはいきませんよ。ムーミンママがあなたのおくさんだったら、あなたのむすこのおくさんが、ムーミンママのおばさんになるはずがありませんと、ホムサがいいました。

「そんなことはみんな、どうでもいいんだ。そもそもこれじゃ、芝居《しばい》としてぜんぜんだめなんだ！」

　ムーミンパパは声をあげました。

するとおもいがけないことに、エンマがものわかりのいいところを見せました。

「もうこうなりゃ、腹《はら》を決めて、落ちつくしかないね。そしたらひとりでに、うまくいくわい。それにな、お客ちゅうもんは、なんにもわからんのさ」

「ねえ、エンマさん。ドレスが小さすぎて……どうしても背中《せなか》で引っかかってしまうんですよ」

と、ムーミンママが、訴《うった》えました。

エンマは、安全ピンをたくさん口にくわえたまま、こういいました。

「ようくおぼえておきなされ。おまえさんは、うそでぬりかためとったむすこのことを舞台《ぶたい》でしゃべるときに、うれしそうな顔をするでないぞ！」

「ええ、かなしそうな顔をしますわ」

ムーミンママは答えました。

ミーサは自分の役のパートを読んでいましたが、急に台本を放り出して、大声を出しました。

「これじゃ、陽気すぎよ！　わたしに、ちっとも似合《にあ》わないわ！」

するとエンマが、きびしくいいました。

「ミーサ、静かに！　さあ、始めるぞ。照明の用意は、よいかな？」

ホムサが、黄色いスポットライトをつけました。

「赤よ！　赤よ！　あたしが登場するときは、赤だわ！　どうしてあの人、いつもまちがうのかしら」

ミムラねえさんがさけびました。

でもエンマは、

「だれとて、まちがいはするわい。みんな、よいかな？」

と、落ちついたものです。

「わたしは自分のせりふが、いえん。ひとことも、思い出せないんだ！」

うろたえたムーミンパパが、口走りました。

エンマが、パパの肩《かた》をたたきました。

「そういうもんよ。だけどリハーサルに入りゃ、なんでも、きちんとうまくいくもんじゃよ」

エンマが舞台《ぶたい》のゆかを三回、ドンドンドンとたたくと、外の小船のものたちはしいんと静まりかえりました。エンマはしなびた体を幸福で身ぶるいさせながら、力いっぱい幕《まく》を巻《ま》き上《あ》げました。

リハーサルを見に来ていたお客さんはまばらでしたが、感心して、ささやき合いました。ほとんどみんな、劇場《げきじょう》へ行ったことなんか、今まで一度もなかったのです。

赤い照明に照らされて、うらさびしい岩山の風景が見えました。

黒くてひらひらしたカバーがかかった鏡台の少し右手に、ミムラねえさんがチュールのスカートをはいて、すわっています。結《ゆ》った髪《かみ》のまわりに、紙でできた花をいくつもかざっていました。

ミムラねえさんは、フットライトの下にいるお客さんたちのほうをおもしろそうにしばらくながめてから、早口ですらすらといいはじめました。

「天にそむく罪《つみ》もないのに
今夜　死なねばならぬなら
高らかにさけびましょう
海よ　血に変わってしまえ

地よ　花咲《さ》かさずに　灰《はい》になってしまえ
わたしは　つぼみゆたかなバラ
美しく　若《わか》き日の露《つゆ》をいだいたバラ
わたしは　さからえぬ運命に
ようしゃなく　うちひしがれていくの」

とつぜん、耳をつんざくようなエンマの合いの手が、舞台《ぶたい》のそでから聞こえました。

「運命の夜
運命の夜
運命の夜じゃ！」

ムーミンパパが、肩《かた》にマントを引っかけて左側から登場しました。そして、お客さんのほうへ向きなおると、ふるえる声を張《は》りあげました。

「血のつながりも　友との仲も

使命とあれば　絶《た》たねばならぬ
ああ　今は　わが王の地位も
孫むすこの姉の手に　うばわれるのか？」

ムーミンパパは、いいまちがえたのに気がついて、やりなおしました。

「ああ　今は　わが王の地位も
姉のむすこのおばの手に　うばわれるのか？」

ムーミンママがそっと顔を出して、ささやきました。
「『わが王の地位も、むすこの嫁《よめ》の姉の手に、うばわれるのか』ですよ！」
「そう、そう、わかってる。あそこは、もう飛ばすよ」
ムーミンパパは、鏡台の後ろにかくれているミムラねえさんのほうへ、一歩近づいていいました。

「この裏切《うらぎ》りもののミムラめ、ふるえているか！　聞け、あのおそろしきライオンが、おりを荒々《あらあら》しくゆさぶり、ひもじさの中で、月にほえているわい！」

長い間、しいんとした沈黙《ちんもく》がつづきました。

「……月にほえているわい！」

と、ムーミンパパは大きな声でくりかえしました。

しかし、なんにも起こりません。

そこで、左側を向いて、ムーミンパパはたずねました。

「なぜ、ライオンがほえないいんだ？」

「ホムサが、お月さんをつり上げんことにゃ、わしゃ、ほえられんわい」

と、エンマが答えました。

ホムサは、背景《はいけい》の中から頭をつき出して、こういいました。

「ミーサが、お月さまを作る約束をしていたのに、作らなかったんです」

ムーミンパパは、あわてていいました。

「わかった、わかった。さあ早く、ミーサは舞台《ぶたい》へ出てくれ。とにかく、わたしは気がめいってきたからな」

ミーサは赤いベルベットのドレスを着て、舞台の上をしずしずと進みました。しばらくの間、両手を目の上にあててじっと立ったまま、プリマドンナになるとどんな気持ちがするものか、味わいました。それは、すばらしいものでした。

ムーミンママは、ミーサがあがってしまったのだと思いこんで、小さい声で教えました。

「『おお、なんと、うれしいことか』よ」

「効果《こうか》を上げるために、わたし、だまってるの！」

ミーサも、そっといいました。そして、フットライトのほうへよろめいていき、お客さんに向かって、両手をさしのばしたのでした。

カチッ、と音がして、ホムサが照明室の送風機を回しました。

「あそこに、掃除機《そうじき》があるのかな？」

と、はりねずみの子どもが聞きました。

「しーーっ！」

はりねずみのお母さんはいいました。

ミーサが、おしころした声で、せりふをいいはじめました。


「おお、なんと、うれしいことか！　おまえの首が、くだかれるのを見て……」

ミーサは荒々《あらあら》しく歩いたとたんに、ベルベットのドレスに足を取られ、フットライトを飛びこして、はりねずみの小船の中へ転げ落ちました。

お客さんたちは声をあげてよろこび、ミーサを舞台《ぶたい》へおし上げました。

「おじょうさん、まあ、落ちついて。あいつの首を、さっそく、はねてしまいなさい！」

と、少し年とったビーバーがいいました。

ミーサは、おどろいてたずねました。

「だれの首を？」

「あんたのむすめのむすこのおばさんの首さ、もちろん」

ビーバーがはげますようにいいました。

「わかっちゃおらんな、なんにも」

ムーミンパパは、ムーミンママにささやきました。

「さあ、ママ。早く舞台に出てきておくれ！」

ムーミンママはあわててスカートをつまむと、にこやかに、そして少しはずかしそうに、登場しました。

「おお運命よ、顔をおかくし！　わたしは、暗い暗い知らせを持ってきたのだから」

ムーミンママは、ほがらかに始めました。

「あなたのむすこはうそと裏切《うらぎ》りで、あなたの心をずたずたに引きさくのです！」

「運命の夜
運命の夜
運命の夜じゃ！」

と、エンマが合いの手を入れます。

ムーミンパパが、心配そうにムーミンママの顔を見ました。

「『ライオンを出せ』ですよ」

ムーミンママがいいました。

「ライオンを出せ！」

ムーミンパパがくりかえしました。

「ライオンを出せ！」

パパは不安そうにもう一度いいましたが、ついには大声をはりあげました。

「ライオンをつれてこい！」

舞台《ぶたい》の裏《うら》ですごい足音がして、やっと、ライオンが出てきました。

一ぴきのビーバーがライオンの前足になり、もう一ぴきが後ろ足になっているのです。お客さんたちは大よろこびで、がやがやいいました。

ライオンはぐずぐずしていましたが、フットライトのところへ出てきておじぎをして、それから中央へもどりました。

ところがお客さんたちは、パチパチと手をたたいたかと思うと、それぞれの家のほうへ船をこぎだしたのです。

「まだ、おわりじゃないですよ！」

と、ムーミンパパは、大声でどなりました。

「あなた。また、明日も見に来てくれますよ」

ムーミンママはいいました。

「エンマさんがいうには、リハーサルでちょっと失敗があるくらいのほうが、初日はきっとうまくいくんですって」

「そうか、エンマさんがそういったのか？」

ムーミンパパはほっとして、上きげんでつけくわえました。

「とにかくみんな、何回も笑ってたぞ！」

けれどもミーサはほかの人たちから少しはなれて、どきどきと鳴っている胸《むね》を静めようとしていました。そして、そっと自分にいい聞かせるのでした。

「みんな、わたしに拍手《はくしゅ》を送ってくれたわ。ああ、このしあわせ！　これからは、いつまでも、そう、いつまでだって、こんなにしあわせでいられるんだわ」

11章

ろうや番をだます

あくる日の朝、チラシがくばられました。鳥という鳥が、もみの木湾《きわん》を飛び回って、劇場《げきじょう》の広告をまきました。ホムサとミムラねえさんが色をぬった鮮《あざ》やかなチラシは、森や海岸や野原の上にも、水の中にも、家々の屋根や庭の上にも舞《ま》い落《お》ちました。

その一枚《まい》が、ろうやの上へ飛んできて、ヘムルの前に落ちました。ヘムルは、警官《けいかん》のぼうしを鼻の上までずり下ろして、日ざしの中でうとうと居眠《いねむ》りをしていたのです。

「ははあん、罪人《ざいにん》どもへのひみつの通信がとどいたんだな」

かんちがいしたヘムルは、わくわくしながら、そのチラシを拾いあげました。

今は、三人もの罪人《ざいにん》をろうやに入れてあるのです。このヘムルが勉強して、ろうや番の資《し》格《かく》を取ってから、こんなに囚人《しゅうじん》がたくさん入っているのははじめてなのです。もう二年近くも、だれひとり、ろうやへ入っていなかったのに。だから三人もの罪人のことを、どれだけ気をつけて見張《みは》っていたか、だれにだってわかるでしょう。

ヘムルは、めがねをかけると声を出して、チラシを読みだしました。

「さあてと。なに、初演《しょえん》となな！」

それから、読みつづけました。

悲劇《ひげき》『ライオンの花よめたち――血のつながり』
《全一幕《ぜんひとまく》》
作
ムーミンパパ

出演《しゅつえん》
ムーミンママ　ムーミンパパ
ミムラねえさん　ミーサとホムサ
コーラス…エンマ

入場料
食べられるものなら、なんでもよし

風や雨がなければ、今晩《こんばん》、日が沈《しず》むときに始め、子どもが寝《ね》るころに、おわる予定。
場所は、もみの木湾のまん中。ヘムルたちが貸《か》しボート屋をします。

劇場主《げきじょうぬし》

「劇場だと？」
ヘムルは考えこんでそういうと、めがねをはずしました。心の奥《おく》のヘムルらしくない場所に、子どものころの思い出のあかりが、かすかに灯《とも》されたのです。そうです。一度、おばさんにつれられて、劇場《げきじょう》へ行ったことがあったのです。バラのしげみの中で眠《ねむ》っている、お姫《ひめ》さまの話でした。とってもきれいで、ヘムルは大好きだと思ったものでした。

ふいにヘムルは、自分がもう一度、劇場へ行きたくなっているのに気づきました。

でもその間、だれがろうやの見張《みは》りをしたらいいのでしょうか。

手のあいているヘムルなんて、ひとりも知りません。このかわいそうなろうや番は、あれこれと思案しました。すぐ後ろの、ろうやの鉄ごうしに鼻をおしつけて、ろうや番はいいました。

「わしは今晩《こんばん》、劇場へ行きたくてたまらんのさ」

「劇場！」

そういってムーミントロールは、耳をぴんと立てました。

「そう、『ライオンの花よめたち』という芝居《しばい》だ。しかし、だれにおまえらを見張ってもらったらいいいか、わからんのだ」

ヘムルはこういって、チラシをろうやの中へ、さし入れたのです。

ムーミントロールとスノークのおじょうさんは、劇場のチラシを目にして、顔を見合わせました。

「きっと、お姫さんたちの話なんだ。わしが、かわいいお姫さんを見たのは、おそろしく昔のことだなあ」

と、ヘムルは、しょんぼりというのでした。

「だったら、ぜったい見に行かなくちゃだめよ。あなたの親類に、その間わたしたちの見張《みは》りをしてくれるような、親切な人はいないの？」

スノークのおじょうさんがたずねました。

「ああ、いとこがいるっちゃいるが、あの子はあんまり親切すぎて……。おまえらを、外へ出してしまいかねん」

と、ろうや番はいいました。

「わたしたち、いつ、死刑《しけい》にされるんです？」

と、フィリフヨンカがだしぬけに聞くと、ろうや番のヘムルは気まずそうに答えました。

「ううむ。おまえらは、死刑にされはせん。おまえらは、自分のおかした罪《つみ》を白状《はくじょう》するまで、ここに入っておらねばならん。それから、あたらしい立てふだを作って、『するべからず』と、五千回ずつ書かねばならんのだ」

「だけど、わたしたち、なんにもわるいことをしてませんわ」

フィリフヨンカが、いいはじめました。

「ああ。それは、聞いたぞ。どんなやつでも、そういうんだ」

ムーミントロールは、口を開きました。

「でもね、その劇場《げきじょう》へ行かなかったら、あなたは、一生、後悔《こうかい》しますよ。きっと、お姫《ひめ》さまが出てきます。『ライオンの花よめたち』というんだもの」

ヘムルは肩《かた》をすくめて、ため息をつきました。

スノークのおじょうさんも、しきりにすすめます。

「今ここで、よく考えなきゃ。そのいとこを、ここへつれていらっしゃいよ。そしたら、わたしたちが見てあげるわ。親切なろうや番でも、だれもいないよりは、ましじゃないかしら！」

「そうだな」

ヘムルは、むずかしい顔で返事をしてから立ち上がると、しげみの間へ、のしのしと消えていきました。

「ほら！　夏至《げし》の前夜に、夢《ゆめ》を見たこと、おぼえているかい。ライオンのだよ！　ちびのミイに足をかみつかれた、大きなライオンの夢さ！　だけどうちのみんなは、なにをたくらんでいるんだろう！」

と、ムーミントロールがいいました。

フィリフヨンカが、口をはさみました。

「わたしは、あたらしい親類が、うんとできた夢《ゆめ》を見たの。なんておそろしいのかしら！　古い親類を、すてちゃったとたんによ！」

そこへ、ヘムルがもどってきました。おどおどした、すごく小さいやせっぽちのヘムルのむすめをつれています。

「どうだ、わしのかわりに、こいつらを見張《みは》っていられるかい？」

小さなヘムルは、ろうや番のヘムルにそっとたずねました。

「この人たち、かみつく？」

と、ささやくような小声でいいました。これじゃ、とても役には立たないでしょう。といっても、それはヘムルの立場からの話ですけれどね。

ろうや番のヘムルはふんと鼻を鳴らして、ろうやのカギを小さなヘムルにわたしました。

「ふん、かみつくとも。こいつらを外へ出したら、おまえの腹《はら》に、がぶりとかみつくぞ。それじゃ、わしは、芝居《しばい》を見に行くしたくをするからな。じゃあな！」

ろうや番のすがたが見えなくなると、すぐに小さなヘムルは、ろうやのほうへおびえた目をちらちら向けながら、編《あ》みものを始めました。

「なにを編んでるの？」

スノークのおじょうさんが、やさしく声をかけました。

小さなヘムルは、びくっとして、心細そうにつぶやきました。

「自分でもわからないの。でも、編みものしてると、いつも気分が落ちつくのよ」

「それ、ルームシューズにできないかしら？　ルームシューズに、とってもいい色だけど」

と、スノークのおじょうさんがすすめました。

小さなヘムルは編《あ》みかけのものを見て、考えました。

「知りあいに足のつめたい人はいらっしゃらないの？」

こんどは、フィリフヨンカがたずねました。

「ええ、お友だちに、ひとりいるわ」

するとフィリフヨンカが、したしげにつづけました。

「わたしも、足を寒がる人をひとり知ってるのよ。劇場《げきじょう》にいるわたしのおばなの。そこはすきま風がひどいんですって。劇場にいるのは、おそろしいことね！」

「ここだって、すきま風だらけだよ」

と、ムーミントロールがいいました。

小さなヘムルは、おずおずといいました。

「いとこったら、気をつけてあげればよかったのに。ちょっと待っててね。あなたたちに、ルームシューズを編んであげるから」

「できるまで待ってたら、ぼくたち、こごえ死んじゃうよ」

ムーミントロールが顔をくもらせると、小さなヘムルは心配そうにそろそろと鉄ごうしへ近づいてきて、いいました。

「この上へ、毛布《もうふ》をつるしたら、どうかしら」

三人は肩《かた》をすくめると、ぶるぶるふるえながら、身をよせあいました。

小さなヘムルは、びっくりしてたずねました。

「ほんとに、そんなに寒いの？」

スノークのおじょうさんは、ゴホンゴホンとせきをして、いいました。

「すぐりのジュースが入った紅茶《こうちゃ》を、コップに一ぱい飲めば、なおるかもしれないわ。よくわからないけど」

小さなヘムルは、長い間まよっていました。編《あ》みものを鼻におしつけて、三人の顔をじっと見つめています。

「もし、あなたたちが死んじゃったら……」

その声は、ふるえていました。

「もし、あなたたちが死んじゃったら、いとこにはもう、見張《みは》りをするたのしみが、なくなっちゃうのね？」

「そうなるわね」

と、フィリフヨンカがいいました。

「とにかくルームシューズを作るのに、あなたたちの足のサイズを、はからなくちゃ」

三人は、待っていましたとばかりに、大きくうなずきました。

すると小さなヘムルは、鉄ごうしを開けて、おずおずといいました。

「熱いお茶を、ごちそうしてもいいでしょ？　すぐりのジュースを入れて……。ルームシューズは、できあがったらすぐあげるわ。いいことを思いついてくれて、とってもうれしいの！　わたしの気持ちを、わかってくれたんだもの。編《あ》みものをするのにも、張《は》りあいがあるわ」

それからみんなで小さなヘムルの家へ行き、お茶を飲みました。ヘムルは、これからケーキやクッキーをたくさん焼いてあげ

る、といって聞きませんでした。そのためには、うんと時間がかかりました。とうとうスノークのおじょうさんが、

「ざんねんだけど、わたしたち、もう帰らなくちゃ。お茶を、どうもごちそうさま」

といって立ち上がったときは、もう夕暮《ゆうぐ》れになっていました。

「あなたたちを、また、ろうやへ入れなきゃならないのは、ほんとにかなしいわ」

小さなヘムルは、もうしわけなさそうにいって、くぎにかけたカギを手に取りました。

「だけどね、ぼくたち、ろうやへ帰るつもりはないんだよ。劇場《げきじょう》の家へ帰ろうと思うんだ」

ムーミントロールが、きっぱりいいました。

小さなヘムルは、目に涙《なみだ》を浮《う》かべました。

「いとこが、すごくがっかりしちゃうわ」

「でもわたしたち、なにもわるいことをしてないのよ！」

と、フィリフヨンカが声を張《は》りあげました。

「どうして、それをすぐにいわなかったの？」

小さなヘムルは、ほっとしたように、こういったのでした。

「だったらもちろん、劇場へ行くほうがいいわ。でも、わたしがいっしょに行って、いとこにぜんぶ話すのがよさそうね」

Tove

12章

手にあせにぎる初演《しょえん》

　小さなヘムルが自分の家でお茶をごちそうしていた間も、劇場《げきじょう》のチラシは森のあちこちにひらひら飛んでいました。その中の一枚《まい》がふわりとあき地へ落ちてきて、タールをぬったばかりの屋根に、くっついたのです。

　二十四人の小さな子どもたちはすぐさま、そのチラシをひろいに屋根の上へよじ登りました。どの子も自分こそ、スナフキンに飛んできた紙をわたす役になりたいと思ったのです。チラシはうすっぺらな紙でしたから、あっというまに二十四枚の小さな小さな紙きれにちぎれてしまいました。おまけに、何枚かは煙突《えんとつ》の中へ落ちて、燃《も》えてしまいました。

「お手紙だよ！」

森の子どもたちはそうさけびながら、屋根からすべり下りたり、飛び下りたり、転げ落ちたりしながら、スナフキンのところへ走っていきました。

スナフキンは庭先で、みんなのくつしたを洗《あら》っていましたが、こういいました。

「こまったやつらだなあ！　今朝、屋根にタールをぬったのを、みんな、わすれちゃったのか？　おまえたちをすてて、ぼくが海へ飛びこんじゃうか、おまえたちをぶちころすか、どちらかだな」

「どっちもいやだあい！」

森の子どもたちは大声をあげて、スナフキンの上着を引っぱりました。

「この手紙をお読みよ！」

「おまえたちからの手紙なのかい？」

そういってスナフキンは、いちばん近くにいた子どもの毛で、せっけんのあわをぬぐいました。

「どれどれ。おもしろそうな手紙だけど、これはいったい……」

スナフキンは、しわくちゃの紙きれを草の上に広げて、チラシの残りをつなぎあわそうと、苦心しました。

「声に出して、読んで！」

森の子どもたちがさけんだので、スナフキンは読んでやりました。

「悲劇《ひげき》・ライオンの花よめたち、全一幕《ぜんひとまく》、または……（ここは、一枚《まい》なくなったらしいな）入場料……食べられるものなら、なんでもよし。……（うーむ）……今晩《こんばん》、日が沈《しず》……（日が沈むころ、だな）……風や雨がなければ（なかなか、うまくいったぞ）……定……るころ……（いや、どうもいかん）……もみの木湾のまん中」

「なるほどね」

といって、スナフキンは顔を上げました。

「おい、いたずらっ子たち。これはね、手紙じゃなくて――つまりその、劇場のチラシだよ。今晩、もみの木湾で、だれかが劇をやることはたしかだな。どうして海の上でやるのかは、神さまだけがごぞんじさ。きっと芝居《しばい》の中で、海の波が必要なんだろう」

「子どもが見たら、いけない芝居？」

と、いちばん小さな子がたずねました。

「本当のライオンが出てくるの？　早く見に行こうよ！」

ほかの子どもたちが、さけびました。

スナフキンはみんなの顔を見て、劇場《げきじょう》へつれていかねばならないのを、さとったのでした。

(まあ、あの小だるの豆で、入場料ははらえるだろうな。あれで、たりるといいけど——ずいぶん、食べちゃったからなあ。二十四人の子どもたちがぼくの子だなんて思われませんように……それじゃあ、あんまりだよな。それにしても、明日はこの子たちに、なにを食べさせたらいいだろう)

スナフキンはそう考えて、心をいためていました。

「劇場へ行くのが、うれしくないの?」

いちばん小さな子が、スナフキンのズボンに鼻をすりよせて、たずねました。

「ものすごく、うれしいさ。ほら、くすぐったいぞ」

と、スナフキンはいってから、みんなに声をかけました。

「それじゃ、みんな、きれいにしよう。うん、なんとか今よりきれいにだな。おまえたち、ハンカチを持ってるかい? これは、かわいそうなお話の劇なんだよ」

ハンカチを持っている子はいませんでした。

「まあいいや。下着とかで、涙《なみだ》をふけばいいさ。それともなにか、今持ってるものでね」

と、スナフキンはいいました。

やっとのことでみんなのズボンと服をきれいにしおわったときには、もう日が西に沈《しず》もうとしていました。もちろんタールはまだ、たくさんついています。だけど少しはきれいになって、スナフキンがさんざん苦労したことだけはわかりました。

みんなはすっかりわくわくしながら、でもかしこまったようすで、もみの木湾へ出かけました。

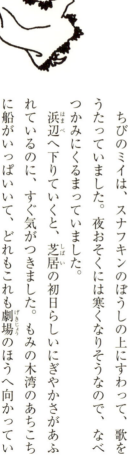

スナフキンが豆の入った小だるを抱《かか》えて先頭に立ち、森の子どもたちがふたりずつ手をつないで、その後ろについていきました。みんな、まゆからしっぽまでもとどく毛を、きちんとまん中でわけています。

ちびのミイは、スナフキンのぼうしの上にすわって、歌をうたっていました。夜おそくには寒くなりそうなので、なべつかみにくるまっていました。

浜辺《はまべ》へ下りていくと、芝居《しばい》の初日らしいにぎやかさがあふれているのに、すぐ気がつきました。もみの木湾のあちこちに船がいっぱいいて、どれもこれも劇場《げきじょう》のほうへ向かっていました。

音楽好きのヘムルたちによるオーケストラが、フットライトの下の船であかりに照らされながら、音楽をかなでていました。

おだやかな、美しい夜でした。

スナフキンは、二つかみの豆でボートを借りて、劇場《げきじょう》へ向かいました。

とちゅうまで来たときに、

「ねえ、スナフキン！」

と、いちばん大きな子が呼《よ》びました。

「なんだい」

と、スナフキンが返事をすると、

「ぼくたちからのプレゼントがあるんです」

こういって、森の子どもは、まっ赤になってしまいました。

スナフキンは、こぐ手をやすめて、口からパイプをはなしました。

いちばん大きな子は、背中《せなか》の後ろにかくしていた、なんともいえない色のしわくちゃなものをさし出して、もごもごいいました。

「これ、たばこ入れです。ぼくたち、みんなで、刺繍《ししゅう》したの。ないしょでね！」

スナフキンはプレゼントを受け取って、中をのぞきこみました（それはフィリフヨンカの古ぼうしに刺繍したものだったのです）。くんくんとにおいもかいでみました。

「日曜日に吸《す》う、ラズベリーの葉っぱですよ！」

と、いちばん小さな子が、得意気にさけびました。

「これはまあ、とびきりすてきなたばこ入れだね。それに、このたばこは日曜日にぴったりだよ」

スナフキンはひとりひとりに握手《あくしゅ》して、お礼をいいました。

「あたいは、刺繍《ししゅう》はしなかったけど、これはあたいの思いつきなのよ！」

ちびのミイが、スナフキンのぼうしの上からいいました。

ボートが劇場《げきじょう》のフットライトの下へすべりこむと、ちびのミイはおどろいて、顔をしかめました。

「劇場って、どれでも、こんなふうなの？」

「そうだと思うね」

と、スナフキンが答えました。

「芝居《しばい》が始まると、あの幕《まく》が開くんだ。そしたら、おとなしくしなきゃだめだぜ。なにか、おそろしいことが起こっても、海の中へ転げ落ちるなよ。そして、すっかりおわったら、みんなで手をたたいて、芝居がよかったことをつたえるんだ」

森の子どもたちは、かたずをのんで見つめていました。

スナフキンはそっと、あたりのようすをうかがいました。けれども、こちらを見て笑っているものは、だれもいません。みんな、明るく照らされた舞台《ぶたい》の幕《まく》をながめていました。

そこへ、少し年とったヘムルがひとり、ボートをこぎよせていいました。

「入場料をいただきます」

スナフキンは、豆の入った小だるを持ち上げました。

「これが、みなさんの入場料ですか？」

ヘムルはこういって、子どもたちの数を数えだしました。

スナフキンは、心配になって聞きました。

「これじゃ、たりませんか？」

「少し多すぎるのでお返ししますよ。ものごとは、きちんとしなくちゃね」

ヘムルはこういって、自分のおけに豆をいっぱい入れました。

そのとき、オーケストラの音楽がやんで、みんながいっせいに手をたたきました。

しいんと静まりかえります。

その静けさの中、幕の後ろでゆかを三回、ドンドンドンと強く打つ音が聞こえました。

「ぼく、こわいよ」

いちばん小さな子が、スナフキンのコートのそでをつかんで、そっといいました。

「ぼくにつかまってれば、だいじょうぶだよ。ほらね、今、幕《まく》が開くよ」

息をのんでいるお客たちの前に、岩山の風景があらわれました。

舞台《ぶたい》の右のほうに、ミムラねえさんがチュールのドレスに、紙の花かざりをつけて、すわっています。

ちびのミイが、スナフキンのぼうしのつばから乗り出して、いいました。

「あれが、あたいのねえさんでなかったら、あたい、シチューにされてもいいわよ」

「きみはミムラと、姉妹《しまい》なのか？」

と、スナフキンがおどろいてたずねました。

「あたい、ずっと、ねえさんのこと話してたじゃないの。ちっとも聞いていなかったの？」

ちびのミイは、あきれていいました。

スナフキンは、じっと舞台を見つめました。パイプの火も、消えてしまっています。ムーミンパパが、左側から出てきて、たくさんの親類やライオンについて、なにやらおかしなことを、しゃべりました。

とつぜん、ちびのミイがスナフキンのひざの上へ飛び下りて、ぷりぷりしながら、いいました。

「どうしてムーミンパパが、あたいのねえさんに怒《おこ》ってるの？　あの人がねえさんに、いじわるするなんてゆるせない！」

「静かに、静かに！　あれは、芝居《しばい》の中だけのことさ」

スナフキンは、うわの空でいいました。

小さくてぽっちゃりした女の人が、赤いベルベットを着て出てきて、とってもうれしいと口ではいっていましたが、どこかがいたそうなようすでした。

そのほかにも、スナフキンの知らない人が、舞台《ぶたい》の裏《うら》でたえず「運命の夜」とさけんでいます。

ムーミンママが舞台へ出てくるのを見たときは、もっともっと、おどろきました。

スナフキンは考えました。

（ムーミン一家の人たちは、なにをしようとしているんだろう。いつも、あの人たちらしいことを考えつくものだけど、これはいったいなんだ！　そのうちに、きっとムーミントロールも出てきて、しゃべるんだな）

ところが、ムーミントロールは出てきませんでした。そのかわり、ライオンが舞台へあらわれて、ほえました。

森の子どもたちが泣きわめき、ボートはもう少しで、転覆《てんぷく》してしまうところでした。

警官《けいかん》のぼうしをかぶったヘムルが、すぐそばのボートに乗っていて、文句《もんく》をいいました。

「これは、ばかげとる。わしが若《わか》いときに見た、あのきれいな芝居《しばい》と、ぜんぜん似《に》ておらん。お姫《ひめ》さんが、バラのしげみの中で眠《ねむ》っとったんだがなあ。この芝居は、なんのつもりなのか、一つもわからん」

スナフキンは、おびえきっている森の子どもたちに、いい聞かせました。

「ほら、ほら、あのライオンは、古くなったベッドカバーでできた作りものじゃないか」

けれど、どの子もそんなことを信じません。目の前の舞台《ぶたい》で、ライオンがミムラねえさんを追いかけ回しているんですものね。ちびのミイは、けたたましく、わめき立てました。

「あたいのねえさんを助けて！　ライオンをぶちころして！」

そしてとつぜん、必死に舞台へ飛びあがると、

ライオンにとつげきし、そのするどい歯でライオンの後ろ足にかみついたのです。

ライオンは悲鳴をあげて、舞台《ぶたい》のまん中でまっぷたつに折れてしまいました。

ミムラねえさんがちびのミイをだき上げて、鼻の頭にキスするようすをお客さんたちは見ました。そしてふと気がつくと、もはやだれも詩のような調子でしゃべらないで、まったくふだん通りに話しているのでした。そのことについて、文句《もんく》をいうお客さんたちはいませんでした。ようやく、この芝居《しばい》の内容《ないよう》がみんなにわかってきたからです。

これは洪水《こうずい》に流されて、いろんなおそろしい目にあったすえ、やっと自分の家をもう一度、見つける人の話だったのです。今はだれもがすっかりうれしくなって、コーヒーを入れようとしているところでした。

「だんだん、よい芝居になってきたわい」

ヘムルが、つぶやきました。

スナフキンは、森の子どもたちをぜんぶ舞台へだき上げ、晴れ晴れとさけびました。

「やあ、ムーミンママ！　ぼくのかわりに、この子たちの世話をしてくれませんか」

芝居《しばい》はどんどん、たのしくなる一方でした。お客さんがみんな、ぱらぱらと舞台《ぶたい》へ上がって、芝居の輪《わ》にくわわりました。テーブルにのっていた入場料の食べものを、すっかり食べてしまうという役をしたのです。ムーミンママは、きゅうくつなスカートをぬぎすてていそがしく走り回っては、コーヒーカップをくばっていました。

オーケストラは、ヘムル行進曲をかなではじめました。

ムーミンパパは大成功をよろこんで、顔を輝《かがや》かせていました。ミーサはミーサで、リハーサルのときと同じように、しあわせでした。

とつぜんムーミンママが、舞台のまん中で足を止めたと思うと、コーヒーカップをゆかへ落として、つぶやきました。

「あの子が、来るわ！」

それと同時に、あたりがしいんと静まりました。

暗闇《くらやみ》の中から、静かにオールをこぐ音が、近づいてきます。かすかに鈴《すず》がチリンチリンと鳴っています。

「ママ！」

さけぶ声が聞こえてきました。

「パパ！　ぼく、帰ってきたよ！」

ヘムルが、声をあげました。

「あれっ。あれはわしがつかまえたやつらじゃないか！　すぐに、つかまえろ！　あいつらが、劇場《げきじょう》をまる焼きにしてしまわんうちに！」

ムーミンママは、フットライトのところへかけよっていきました。ムーミントロールがボートの向きを変えようとして、海の中へ片方《かたほう》のオールを落としてしまったのが目に入りました。ムーミントロールはあわてて、もう一本のオールでこごうとしましたが、ボートは同じところをぐるぐる回るばかりです。

ボートの船尾《せんび》には、やさしそうなやせっぽちの小さなヘムルがすわっていて、なにかさけびましたが、だれも気にとめませんでした。

ムーミンママがさけびました。

「お逃《に》げなさい！　警察《けいさつ》よ！」

ママは、ムーミントロールがなにをしたのかは知りませんでしたが、きっとむすこのやったことはまちがっていないと信じて疑《うたが》いませんでした。

「あの囚人《しゅうじん》どもを、つかまえろ！　あいつらは立てふだをぜんぶ燃《も》やして、公園番をひとりでに光るようにしたんだ！」

と、あの大きなヘムルがどなりました。

お客さんたちはしばらくの間、少しびっくりしていましたが、これは芝居《しばい》のつづきなのだと思いこみました。みんなはコーヒーカップを置いて、フットライトのところへすわりこみ、見物しました。

「やつらをつかまえろ！」

ヘムルは猛然《もうぜん》とわめいています。

お客さんたちは拍手《はくしゅ》かっさいです。

「ちょっと待ってください」

と、スナフキンが落ちつきはらっていいました。

「これは、どこかに思いちがいがありますね。あの立てふだを引きぬいたのは、このぼくですよ。公園番は、ほんとに今でも光っているんですか？」

ヘムルは後ろをふり返って、スナフキンの顔を見すえました。

スナフキンは、フットライトのほうへ近づきながら、平気な顔でつづけました。

「考えてごらんなさい。あの公園番は、安くすむじゃありませんか。電気代がかからないんです！　パイプに火をつけるのも、頭の上でたまごをゆでるのも思いのままでしょうし……」

ヘムルは、ひとことも口をききませんでした。ゆっくりと、スナフキンのほうへ歩みよりました。そしてえり首を引っつかもうと、その大きな手を開くと、どかどかと近づいて、さっと飛びかかりました。そのとたん……。

回転舞台《ぶたい》が、ものすごい速さで動きだしたのです。エンマの笑う声が聞こえました。でも今は、ばかにしてあざわらう声ではなく、ほこらしげでカラカラと明るい笑い声でした。

一度に、なにもかもが、めまぐるしく起こったものですから、お客さんたちはなかなかついていけませんせん。全員を乗せたまま、回転舞台がぐるぐる回ったので、つぎつぎに体のバランスを失って、ひっくり返りました。二十四人の森の子どもたちは、なだれみたいにヘムルに飛びつき、制服《せいふく》にしがみつきました。

スナフキンはフットライトをひらりと飛びこえて、

からっぽのボートに着地しました。ムーミントロールのボートが波のうねりをくらって転覆《てんぷく》すると、スノークのおじょうさんとフィリフヨンカと小さなヘムルのむすめは、舞台《ぶたい》に向かって泳ぎだしました。

「いいぞ！　いいぞ！　ダ・カーポ（もう一回）！」

　お客さんは、大はしゃぎです。

　ムーミントロールは、水の上へ鼻を出すとすぐに、スナフキンのボートめがけて泳ぎました。そして、船べりに手がかかると同時に、さけびました。

「やあ！　きみに会えて、うれし

くてたまらないよ！」

「やあ、ひさしぶり！　ボートに乗りなよ。どうやって警察《けいさつ》をまいてやるか、見せてやるぞ！」

と、スナフキンは返事をしました。

ムーミントロールはボートにはい上がり、スナフキンはもみの木湾の入り口へ、水を切ってこぎはじめました。

「さようなら、おちびさんたち！　ご協力、ありがとう！　きちんと、きれいにしているんだぞ！　タールがかわくまでは、屋根の上へ登るなよ！」

スナフキンは、大声でどなりました。

ヘムルはやっとのことで、回転舞台《ぶたい》と森の子どもたちと、歓声《かんせい》をあげて花を投げてくるお客さんたちから、はなれることができました。

そしてなにやらがなり立てながらボートに乗りこみ、スナフキンを追いかけました。けれど、おそすぎました。スナフキンのすがたは、暗闇《くらやみ》の中へ消えてしまっていたのです。

すべてが、ふしぎなほど静かになりました。

「そうかい、おまえも、やってきたというわけか。けども、劇場《げきじょう》がいつも気楽な稼業《かぎょう》だと思うでないぞ！」

エンマは、ずぶぬれになったフィリフヨンカを見つけて、ゆっくりといったのでした。

13章

罰《ばっ》とほうび

長い間、スナフキンはだまってボートをこぎつづけました。ムーミントロールは、あの古いぼうしのなつかしい形が、夜空の中にくっきり浮《う》かんでいるのと、パイプのけむりがおだやかな大気にぷかぷかと立ち上るのを見ていました。そして、

(これから、なにもかもがうまくいくんだ)

と、考えていました。

後ろで聞こえるさけび声も拍手《はくしゅ》の音も、だんだん、だんだん小さくなり、やがてはオールをあやつる音しか聞こえなくなりました。

海岸は黒い線のようになって、消えていきます。

今はまだ、どちらもしゃべろうとはしませんでした。時間はこれから先にも、たっぷりあるのですからね。これから夏がつづいて、したいことをいっぱいできるのです。今は、まるで劇《げき》のようなめぐりあいをしたことと、この夜と、脱走《だっそう》するスリルとで、胸《むね》がいっぱいでした。これ以上、よけいなものなんていりません。

ふたりは、大きくカーブして、海岸へもどっていきました。

スナフキンが、追っ手たちをまこうとしていることは、ムーミントロールにもわかりました。ヘムルの警笛《けいてき》が、はるか遠くに暗闇《くらやみ》の中でけたたましく鳴《な》り響《ひび》き、それにこたえる声が聞こえます。

ボートが葦《あし》の生えている水ぎわへすべりこんだとき、満月がのぼりました。

「さあ、ぼくがこれからいうことを、よく聞くんだよ」

と、スナフキンがいいました。

「うん」

ムーミントロールは、返事しました。冒険《ぼうけん》したい気持ちが、体中にわきたちます。

スナフキンがいいました。

「きみは、みんなのところへもどって、ムーミン谷へ帰りたい人を、全員つれておいでよ。家具は、持ってこさせないようにね。ヘムルたちが劇場の見張《みは》りを立てないうちに、いそい

でやらなきゃだめだぜ。あいつらのことだから、きっと見張《みは》り役《やく》を呼《よ》ぶはずだ。とちゅうで、ぐずぐずしないようにな。こわがらなくていいよ、六月の夜は、おそろしくないんだ」

ムーミントロールは、おとなしく、

「うん」

と答えて、しばらく待ちましたが、スナフキンがそれ以上なにもいわないので、ボートからおりて、浜辺《はまべ》を歩きだしました。

スナフキンは、ボートの後ろの板にすわって、パイプからそっと灰《はい》を落とすと、かがみこんで、木の下からようすをうかがいました。あのヘムルはずっと海のほうへ、へさきを向けています。道のように照らす月あかりに、そのすがたがはっきり見えました。

スナフキンは笑いをかみころして、パイプにたばこをつめたのでした。

やっと、水が引きはじめました。洗《あら》い流《なが》されたばかりの海岸が、ゆっくりと日光の中にふたたびすがたをあらわしました。最初に顔をつき出したのは、木々たちでした。寝《ね》ぼけたようなこずえを水面の上にふるわせ、それから、あんなひどいできごとのあとでも、なにも失わなかったことをたしかめるように、枝《えだ》をさしのばしました。いためつけられた木立は、いそいで新芽を出しています。小鳥たちは元のねぐらを見つけ、水の引いた丘《おか》の上では草の上に寝具《しんぐ》が干《ほ》されていました。

水が引きはじめたとたんに、みんな、わが家へ向かっていそぎました。船をこいだり、帆《ほ》で走らせたりして、昼も夜もいそぎました。そして水がすっかり引いてしまうと、まえに住んでいた場所を目指して、ひたすら歩きつづけたのでした。

たぶん、谷まで海になってしまっていた間に、あたらしくいい場所を見つけた人もあったでしょう。でもやっぱり元のところのほうが、みんな好きなのでした。

ムーミンママはハンドバッグを抱《かか》えながら、むすことならんでボートの後ろの板にすわっていました。ママは、エンマの劇場《げきじょう》へ残してこなければならなかった、居間《いま》の家具のことなんか、ちっとも考えませんでした。わが家の庭のことや、じゃり道がいつものようにきれいになっているかどうかが気がかりだったのです。

ムーミンママにも、今どこにいるかがわかってきました。「おさびし山」へ行く道にそって、ボートは進んでいるのです。そして、つぎのカーブのむこうに、ムーミン谷への入り口になっている岩が見えるだろうと知っていました。

「みんな、帰ってきたんだ。うちへ、うちへ、うちへ！」

と、ちびのミイが、ミムラねえさんのひざの上で歌いました。

スノークのおじょうさんは、ボートの前のほうにすわって、水中の景色をのぞきこんでいました。たった今、ボートは草地の上を通りすぎました。時おり、花たちがそっと船底をなでていきました。黄・赤・青と、色とりどりに水を通して美しいすがたを見せ、日の光にとどけとばかりに、顔を上げています。ムーミンパパは、ゆっくり大きくこぎました。

「ベランダは、水の上へ出てると思うかね」

と、ムーミンパパがたずねました。

「まずは、ついてみないと……」

スナフキンはそういって、さぐるようなまなざしを肩《かた》ごしに投げました。

「なあ、きみ。もうとっくに、ヘムルたちを引きはなしただろう！」

ムーミンパパはスナフキンにいいました。

「それはどうですかね」

ボートのまん中でビーチガウンが、変にもり上がっています。それが、もそもそと動きました。ムーミントロールが、そのもり上がりのてっぺんをこわごわ指でつついて、聞いてみました。

「ちょっと、日なたへ出てこない？」

「ありがとう。でも、ここがとってもいいの」

ビーチガウンの下で、やさしい声が返事しました。

「かわいそうに。あの子、外の空気に少しもあたってないの。こうやって、もう三日間もすわってるのよ」

ムーミンママが、心配そうにいいました。

「小さなヘムルは、ものすごく気が弱いんだよ。きっと編《あ》みものをしてるんだと思うね。編みものをしてると、落ちつくんだって」

ムーミントロールは、こっそり説明しました。

けれども小さなヘムルは、編みものなんかしていたのではありません。黒いオイルクロスの表紙がついているノートに、こつこつと字を書いていたのです。――「するべからず」とね。「するべからず、するべからず、するべからず」と五千回も。そうやって、どのページにもいっぱい書いていくことは、この小さなヘムルにとって、大変うれしいことでした。

(やっぱり、親切にするって、ほんとにすてきね!)

小さなヘムルは、静かにそう考えていました。

ムーミンママがムーミントロールの手をにぎって、聞きました。

「なにを考えこんでるの?」

「スナフキンの子どもたちのことだよ。ほんとに、あの子たち、みんな役者になるの?」

「何人かはね。役者に向いていない子どもは、フィリフヨンカさんの養子になるのよ。あの人は親類がなくちゃ、やっていけないんだものね」

「あの子たち、スナフキンがいなくて、さびしがるだろうなあ」

と、ムーミントロールは沈《しず》んだ声でいいました。

「たぶん、はじめのうちはね。でも、スナフキンは毎年、あの子どもたちに会いに行くし、みんなの誕生日《たんじょうび》には手紙を書くつもりですって。絵のついた手紙をね」

ムーミンママがいったので、ムーミントロールはこっくりうなずきました。

「それはいいね。そして、ホムサとミーサ……ね、ママ。ミーサは劇場《げきじょう》へ残れることになったとき、とってもうれしそうだったよ!」

ムーミンママは、笑いました。

「ええ、ミーサはしあわせそうだったわ。一生、かなしい劇《げき》をやって、そのたびにちがう自分になるのでしょうね。そして、ホムサは舞台監督《ぶたいかんとく》になって、ミーサみたいにしあわせになるわ。友だちが、それぞれ自分にぴったりのことを見つけられるのって、うれしいものでしょ？」

「うん、とってもうれしいよ」

ムーミントロールはいいました。そのとたんに、ボートが止まったのです。

ムーミンパパが、船べりからのぞきこんでいいました。

「ボートが草の中へ入りこんでるな。もう、水の中を歩こうじゃないか」

みんなはボートからおりて、水の中を歩いていきました。腰《こし》の高さまで水があるので、歩くのはやっかいでした。でも、底はやわらかい草ばかりで、石もなくいい気持ちです。ところどころ地面がもり上がって、水面に浮《う》かぶ花たちは、まるで天国の島々のようでした。

小さなヘムルは、なにかとっても大事そうなものを、洋服の下へかくしていました。でも、それがなんなのか、だれも聞きませんでした。

スナフキンは、いちばん後ろを歩いていました。いつもよりもっと無口で、たえずあたりを見回しては、なにかもの音がしないかと耳をすましています。

「あの人たちがここまで追っかけてきたら、あたし、あんたの古ぼうしを食べてみせるわ！」

と、ミムラねえさんがいいました。

それでもスナフキンは、首を横にふっただけでした。

道もせまくなりました。切り立った山はだの間にちょっとすきまがあいていて、ムーミン谷のなつかしい緑がのぞいていました。明るい旗がひるがえっている屋根も……。

もう、川のまがり角も、青くぬってある橋も見えました。早くも、ジャスミンは花ざかりです！　みんなはあたりにジャブジャブ水をはねかえしながらいそぎました。そして、家へ帰ったらしようと思うこ

とを、あれこれはしゃぎながらしゃべりあいました。

そのときふいに、けたたましい警笛《けいてき》が静かな空気をつんざいたかと思うと、前にも後ろにも、いたるところにヘムルが群《むら》がってあらわれました。

スノークのおじょうさんは、ムーミントロールの肩《かた》に頭をかくしました。だれも、しゃべりません。あとほんの少しで家へたどりつくというのに、そこで警官につかまってしまうなんて、あんまりです。

あのヘムルが、水の中をのっしのっしと近づいてきて、スナフキンの前で足を止めました。

「さーて、と?」

と、ヘムルがいいました。

だれも、もの音一つ立てません。

「さあ、どうだ」

ヘムルがせまります。

するとあの小さなヘムルが、せいいっぱいの速さでいとこの前に進み、会釈《えしゃく》して黒いオイルクロスのノートをさし出したのです。

「スナフキンは後悔《こうかい》して、おゆるしを願っています」

と、小さなヘムルは、はずかしそうにいいました。

「そんなこと、ぼくは……」

スナフキンがいいかけました。

大きなヘムルは、ぎょろりとにらんだだけで、スナフキンをだまらせ、ノートを開き、数を数えだしました。それはもう長々と数えている間に、足の下まで水が引きました。そしてようやく、ヘムルがいいました。

「まちがいない。『するべからず』と、ちゃんと五千回、書いてあるわい」

「でも……」

と、スナフキンがいいだしました。

「どうか、なにもいわないで」

小さなヘムルは、たのみました。

「わたし、ほんとにたのしかったの。ほんとに、ほんとに！」

「だがこいつは、立てふだをだな！」

と、いとこのヘムルは、いいました。

「かわりに、うちのやさい畑に、立てふだを立ててもらうというのは、どうでしょう？　たとえば、『はい虫たちは、レタスを少し残しておくこと』というような」

ムーミンママが聞きました。

ヘムルはちょっととまどいながらも、

「うん、まあ……それでも、かまわんだろう。それでは、おまえたちを釈放《しゃくほう》せにゃならんな。しかし、二度とああいうことをするではないぞ！」

といったのでした。

「もう、しません」

みんなは、すなおに答えました。

「それで、おまえは家へ帰るだろうな」

ヘムルはこういって、小さないとこの顔をきびしい目でにらみつけました。

「ええ、わたしのこと、怒《おこ》っていないのなら」

と、小さなヘムルは返事しました。

それから、ムーミン一家の人々のほうへ向かっていいました。

「編《あ》みもののこと、ほんとにありがとう。ルームシューズができあがったら、すぐにあげるわね。あて先はどうすればいいのかしら」

「ムーミン谷、と書くだけでだいじょうぶですよ」

と、ムーミンパパがいいました。

最後はみんな、かけ足でした。丘《おか》を横切り、ライラックのしげみの間をかけぬけて、玄関《げんかん》の階段《かいだん》までまっすぐにつき進みました。ムーミン一家のみんなは、そこで足を止めて、もう安心していいんだとほっとして、ゆっくりと息をついたのでした。じっと立ち止まったまま、わが家にいるというのがどんなことか、しみじみと味わいました。なにもかもが、昔のままでした。

こまかいもようのついたみごとなベランダの手すりは、こわれていませんでした。ひまわりも、残っていました。水おけもありました。そして、ハンモックは波に洗《あら》われて、ようやく気持ちのいい色になっていました。一つだけ水たまりがまだ残っていて、空の色をうつしていましたが、これはちびのミイの手ごろなプールになることでしょう。

まるで、なにごとも起こらなかったようでした。そしてもう二度と、おそろしいことがみんなの身にふりかかりはしないだろうと思われました。

でも、庭の道は貝がらでいっぱいですし、玄関の階段のまわりには赤い海草の束が、残されていました。

ムーミンママが居間《いま》の窓《まど》のほうを見上げていると、ムーミンパパがいいました。

「ママ、まだ中へ入ってはいけないよ。入るんなら、目をつぶるんだね。わたしがあたらしく、居間の家具をできるだけまえと同じように作るよ。ふさをつけて、赤いベルベットでなにもかもね」

「目をつぶらなくても、わたしはだいじょうぶですよ」

ママは、はずんだ声でいいました。

「なくなってさびしいものは、ただ一つ、本式の回転舞台《ぶたい》だけよ。そしてね、こんどはまだらもようのビロードにしたら、どうかしら？」

その晩《ばん》、ムーミントロールはスナフキンのテントへおやすみをいいに下りていきました。

スナフキンは、川原に腰《こし》を下ろして、パイプをくゆらせていました。

「きみ、必要なものは、みんなそろってる？」

ムーミントロールが、たずねました。

スナフキンは、うなずきました。

「ちゃんと、そろってるよ」

ムーミントロールが、くんくんと鼻をうごめかします。

「今までとちがうたばこを、吸《す》いはじめたの？　ちょっと、ラズベリーみたいだね。上等なやつなの？」

「いや。だけど、日曜日だけは、これを吸うんだ」

「そうなんだ」

ムーミントロールは、おどろいていいました。

「ああ、今日は日曜日だったね。ぼく、もう寝《ね》るね。じゃ、おやすみ！」

「おやすみ！」

と、スナフキンもいいました。

ムーミントロールは、池のところまで歩きました。ハンモックをつるす木の奥《おく》にある、あのうす茶色の池です。のぞきこんでみると、アクセサリーもそのままありました。

それからムーミントロールは、草の中を探《さが》しはじめました。

しばらくして、木の皮の船がやっと見つかりました。マストをささえるロープが、一枚《まい》の葉っぱに引っかかっていました。けれど、ぜんぜんいたんでいません。貨物室の小さなふたさえも、ちゃんとついていました。

ムーミントロールは、庭の中を通って、家へ帰りました。ひんやりした、おだやかな晩《ばん》で、ぬれた花々がこれまでにないほど、くっきりかおっています。ママが玄関《げんかん》の前に腰《こし》かけて、待っていました。

手になにか持って、にこにこしています。

「これ、なんだか当てられるかしら？」

「小さな手こぎボートだね！」

ムーミントロールは、そういって笑いました。べつに、おかしいことがあったからではありません。ただ、とてもしあわせに感じて、笑ったのでした。

解説《かいせつ》「たいせつなこと」

高橋静男《たかはししずお》（フィンランド文学研究家）

この本にはフィンランドの「夏まつり」がでてきます。もともとは夏至《げし》の夜に行われていた火まつりで、現在《げんざい》でもほぼ夏至のころに行われているフィンランドでもっとも盛大《せいだい》なまつりです。長く暗い冬をすごすこの国の人々は、太陽がほとんど沈《しず》まないこの夜に、夏到来《とうらい》の喜びを爆発《ばくはつ》させているようにみえます。

この夜、フィンランド全土の村や町や家で、ほとんどの人々が参加して、「コッコ」とよばれる大きなたき火をします。海辺や湖岸で、古材木をやぐらのように高く積み上げて燃《も》やしたり、不用になった舟《ふね》を小山のように積み上げて燃やします。たき火の炎《ほのお》が天をこがすかと思われるほど高く燃え上がるようすを、人々はかたずをのんで見守っています。火のまわりの森や岸辺では、夜おそくまで、踊《おど》り、歌い、ゲームをし、語りあうのです。火まつりの前と後も、親類、友人が集《つど》い、サウナを楽しみ、ごちそうを食べ、夜の海や湖で泳ぎ、遊びや占《うらな》いをしたりして、朝方まで楽しんでいます。このとき若《わか》い人々のあいだでは、恋人《こいびと》や将来《しょうらい》の結婚《けっこん》の占《うらな》いをする習慣《しゅうかん》が、いまもわずかながら残っています。

この、一年でもっとも楽しいはずの夏まつりのイブに、フィリフヨンカがふかいかなしみに沈《しず》んでいる話が、この本にでています。フィリフヨンカは、イブに親類を招待《しょうたい》しなければならないものと思いこんでいました。そうすることが習慣であり義務《ぎむ》であるとかたく信じていましたので、会いたくもないおじさん夫妻《ふさい》に事前に招待状《しょうたいじょう》を送っておいて、この夜、家をかざりたて、ごちそうを作り、ふたりを待っていました。しかし、いくら待ってもふたりはあらわれません。彼女《かのじょ》はかなしみのあまり涙《なみだ》にくれるほかありませんでした。彼女は、こんな涙のイブをもう何年もくりかえしてきていたのです。

しかし、ムーミンとスノークのおじょうさんと会って、イブのパーティーを好きな人とすごしても、だれの気持ちもきずつけないことを知ります。そして、その夜、彼女はムーミンたちと自分の好きな占い遊びをしたりして、イブを思《おも》う存分《ぞんぶん》たのしみました。

フィリフヨンカは習慣や伝統《でんとう》にとらわれずに、好きな人と好きな遊びをした結果、かなしみの底から喜びの頂点《ちょうてん》に達しています。ここでは、好きなことをすることは、とてもたいせつなこととしてえがかれています。

たいせつなこととは、人それぞれにちがうと思いますが、ムーミン童話では、生きていくためにたいせつだと思われる二つのことがくりかえしでてきています。

その一つは、「好きなことを、自分で見つける」ということです。この本の中でもスナフキンが「たいせつなのは、自分のしたいことを、自分で知ってるってことだよ」といっています。ムーミンも「広い世の中っておそろしい。だれはなにが好きで、なにがこわいのかさえわからない」といっていますので、好きなことをもっているかどうかが、とてもたいせつなことと考えていることがわかります。

たいせつなことの二つめは、「なんでも自分でのりこえる」ということです。ムーミンとスノークのおじょうさんが、家族とはなればなれになって、見知らぬ土地にふたりだけで取り残されました。しかし、ムーミンは「こわくはないんだ」と自分にいいきかせると、あわてることもなく、小さな冒険家《ぼうけんか》にふさわしく、自分たちだけで親をさがしに森の中へ入っていきます。このように、困難《こんなん》に直面して、それをのりこえていく話は、ムーミンにかぎらず、いろいろな場面で、いろいろな登場人物をとおしてえがかれています。

こうしたムーミンたちの生き方には、作者ヤンソンさん自身の生き方が反映《はんえい》されているのではないかと思います。彼女《かのじょ》は、子どものころ、夏は島ですごしていて、母親が町の家にもどり、父親が島の外へでかけてしまい、さびしくてたまらなくなったとき、無我夢中《むがむちゅう》で好きな芝居《しばい》をひとりではじめ、一心不乱《いっしんふらん》に演《えん》じてさびしさを忘《わす》れようとしたことがありました。また、子どものとき、大きな重い銀の石を町中で見つけて、町はずれの自分の家まで必死になって転がしていき、四階の家の入り口近くまできたとき、あやまって石が中庭に落ちて、こなごなにくだけてしまったことがありました。そのときのことを、のちに、つぎのように書いています。

「もし、なにかたいせつなことがあったならば、ほかのことはなにもかも無視《むし》して、そのことだけを、ただひたすら考えるようにすることだ」

好きなこと、たいせつなことを自分で見つけ、それをやりぬこうとするヤンソンさんの気迫《きはく》には鋭《するど》さがあります。絵をかき、文章を書きたいという思いも、すでに小さいころからかなりはっきりとしていました。

ヤンソンさんが小さいころから自由で自立した生き方をするようになったのは、両親の影響《えいきょう》ではないかと思われます。彼女《かのじょ》は両親についてつぎのように語っています。

「両親は、子どもが自分の体験をとおして自分を確立《かくりつ》していかなければならない、と考えていたと思われます。それによって子どもは運命に左右され、少しばかり危険《きけん》にさらされるかもしれませんが、わたしたち子どもが、自分を知り、自信をもてるようになるためには、必要なことであったと思います」と。

（一九九〇年のものを再録しました。本文の引用部分も当時のままです）

トーベ・ヤンソン

画家・作家。1914年8月9日フィンランドの首都ヘルシンキに生まれる。父は彫刻家、母は画家という芸術一家に育ち、15歳のころには、挿絵画家としての仕事をはじめた。雑誌「ガルム」の社会風刺画で一躍有名となる。ストックホルムとパリで絵を学び、1948年に出版した『たのしいムーミン一家』が世界中で評判に。1966年国際アンデルセン大賞、1984年フィンランド国家文学賞受賞。おもな作品に、「ムーミン全集」（全9巻）のほか、『少女ソフィアの夏』『彫刻家の娘』、絵本『それから どうなるの？』、コミックス『ムーミン』などがある。2001年6月逝去。

下村隆一（しもむら りゅういち）

翻訳家。1929年、大阪市生まれ。東京大学経済学部2年生時、結核性脳膜炎を発症。一部麻痺が残り、薬の副作用による障害もかかえながら、スウェーデン語を独学で学び、翻訳を始める。翻訳が評価され、スウェーデンのルンド大学から招待を受け、留学。1969年、交通事故に遭い急逝。翻訳書は他に『ムーミン谷の彗星』『長くつ下のピッピ』など。

この作品は『ムーミン童話全集④　ムーミン谷の夏まつり』
（1990年 講談社刊）を底本に改訂したものです

ムーミン全集《ぜんしゅう》［新版《しんぱん》］4　ムーミン谷《だに》の夏《なつ》まつり

2019年8月5日　第1刷発行
2021年4月1日　第3刷発行

著　者　トーベ・ヤンソン
訳　者　下村隆一《しもむらりゅういち》
翻訳編集　畑中麻紀
装　丁　坂川栄治＋鳴田小夜子（坂川事務所）
ＤＴＰ　脇田明日香
発行者　鈴木章一
発行所　株式会社講談社
〒112-8001 東京都文京区音羽 2-12-21
電話　編集 03-5395-3535　販売 03-5395-3625　業務 03-5395-3615
印刷所　株式会社新藤慶昌堂
製本所　大口製本印刷株式会社

N.D.C.993 223p 20cm ISBN978-4-06-516671-0